남편, 후지타 요시나가의 죽음을 애도하며

37년 전에 만났고, 사랑에 빠졌고, 둘 다 소설가를 꿈꾸며 함께 살기 시작했다. 처음부터 아이는 갖지 않겠다 선택했고 그렇다면 법적 절차도 필요 없다며 사실혼 관계를 지속했다. 둘 다 몇 차례 문학상을 수상했으며 한 지붕 아래 작가가 두 명이라는 흔치 않은 생활을 즐기며 살아왔다.

남들에게 '잉꼬부부'라 불릴 때도 많았지만 나도, 그도, 그런 뻔하고 진부한 것에 매이는 걸 좋아하지 않았다. 우리는 잘도 떠들어 댔고, 솔직하게 행동했고, 요란한 싸움도 했다. 그렇게 계속 소설을 썼고 정신 차려 보니 나이가 들어 있었다.

혼인신고는 11년쯤 전에 했다. 은행이나 병원 같은 곳에서 '후지타 씨'라 불리는 일에 겨우 익숙해졌나 싶던 2018년 봄, 자타 공인 골초였던 그의 폐에서 3.5센티미터 종양이 발견됐다.

그 이후, 죽기 전까지 1년하고도 10개월, 그는 '투병'이 아니라 '도병逃病('싸울 투鬪' 대신 '달아날 도逃' 자를 넣어 후지타 요시나가가 만든 말-옮긴이)'이라 칭하며 모든 일에 등을 돌렸다. 글쓰기는 이제 고통일 뿐이라며 몇 번이나 내게 털어놨다. 당당하게 아무것도 하지 않을 수 있게 된 건 병 덕분이라고도 했다. "문학도, 철학도, 사상도, 더 이상 내게는 무의미한 것이 됐다"고 단언했을 때는 듣고 있기가 괴로웠다. 그가 원한 건 죽음을 향해 가는 지금, 자기 마음의 안녕뿐이었다.

힘 있는 목소리로 활달하게 떠들어 대던 남자였다. 그건 밖에서나 집에서나 마찬가지였다. 세상일을 논하고, 스스로를 분석하고, 지금 생각하는 바, 느끼는 바를 내게 늘 이야기하던 남자였다. 항상 밝고 명석했으나, 한편으론 소년 같은 불안정함과 사라지지 않는 그늘이 마음 깊숙한 곳에서 숨바꼭질했다.

풍족한 가정에서 태어나 외동으로 자랐으나 어머니와의 관계가 좋지 못했다. 지배하려고 드는 모친에게 사랑받은 기억이 없다는 것, 존재 그 자체가 두려워 도망칠 생각만 했다는 것이 죽는 그 순간까지 그의 내부에 슬픈 원체

험으로 존재했다.

작년 8월 말, 폐에 암이 재발했다. 두려워하던 재발 뒤,
손쓸 방도가 없을 정도로 상태가 악화되는 건 순간이었다.
마지막의 마지막까지 집에서 보내고 싶다는 그의 바람을
받아들였고 각오를 단단히 했다.

해가 바뀌자 변화는 무시무시했다. 매일 낮, 매일 밤 쇠
약해져 가는 게 보였다. 목소리에서 삽시간에 힘이 사라졌
다. 깡마른 등의 통증을 모르핀으로 겨우 달래며, 약간이
라도 상태가 좋은 날에는 이런저런 묻지도 않은 것들을 그
는 내게 이야기했다. 언제 죽어도 좋아. 옛날부터 그렇게
생각해 왔어. 죽는 건 두렵지 않아. 하지만 생명체로서의
나는 아직 살고 싶어 해. 더 이상 살 수 없는 곳까지 와 버
렸는데, 그게 참 이상하다. 그 말을 들을 때마다 가슴이 미
어졌고 울음이 복받쳐 올랐다.

치료 때마다 검사를 받았고 그때마다 검사 결과에 벌벌
떨었다. 극약의 부작용도 끊임없이 그를 괴롭혔다. 불안과
두려움만이 그를 지배하고 있었다. 무정하게도 죽음을 받
아들여야 했던, 그럴 수밖에 없던 그의 절망과 고뇌, 죽어
가는 자의 기도 소리가 내게도 그대로 전해져 왔다. 그 잔
혹한 기억이 평온한 시간의 흐름 속에 녹아들기까지는 한

없이 긴 시간이 필요하리라.

　죽은 자는 하늘에 오르고, 무수한 별 중 하나로 모습을 바꿔 아득히 먼 저편의 성운과 하나가 된다고, 나는 믿고 있다. 그는 지금 정적으로 가득한 우주를 떠다닐 것이다. 모든 고통에서 해방되어 영원한 안식에 몸을 맡겼으리라.

　그럼에도 쓸쓸하다. 그저 다만 쓸쓸해서 무슨 말을 해야 할지 찾을 수가 없다.

2020년 2월 19일

올빼미가 운다

고원에는 지금 철쭉이 한창이다. 초록으로 가득한 숲속, 일제히 흐드러진 꽃들이 공중에 두둥실 펼쳐 놓은 커다란 다홍색 천처럼 보인다.

이웃집 넓은 마당 너머에 커다란 철쭉나무 한 그루가 자생하고 있다. 꽃이 한창인 시절, 우리 집 창에서 문득 내다보이는 풍경에 깜짝 놀라고는 한다. 다홍색 망토를 입고 팔을 벌린 사람이 신록 속에 서 있나 싶기 때문이다.

매년 같은 식으로 놀라고 그때마다 나는 남편에게 말한다. "깜짝 놀랐어. 사람인가 싶었더니 철쭉이었네." 어찌된 영문인지 1년이 지나면 완벽히 잊어버리고 또 똑같이 놀란다. 그런 일의 반복이었으나 올해부터는 그걸 말할 상대가 사라지고 말았다.

달빛이 아름답거나 해서 밖으로 나가 보게 되는 밤, 올빼미 우는 소리가 들리는 날이 있다. 암수 서로 호응하며 숲에서 내내 울고 있는 것이다. 낮고, 살짝 더 다정하고, 맑은 쪽이 수놈의 소리다.

내 귀에는 올빼미 소리가 '호- 호-'처럼 들리지 않는다. 좀 더 복잡한, 인간의 언어로 흉내 내기 힘든 숲의 메아리 같은 소리. 달빛 가득한 숲, 저 깊은 곳에서 올빼미 소리만이 울려 퍼진다. 모습은 보이지 않는다. 날갯짓 소리도 들리지 않는다. 어째 엄숙한 기분이 되고 만다.

올빼미 소리가 들릴 때마다 나는 남편에게 알렸다. 동물을 좋아하던 그는 "어디? 어디?" 하며 밤의 정원으로 나와 보고는 했다. 그러나 투병 이후부터는 그런 일도 하지 않게 됐다. 그가 밤기운에 감기라도 들까 두려웠기 때문이다.

병에 대해 알게 된 뒤 어느 날 밤의 일. 올빼미 소리구나 알아차리고, 방에 있는 그의 귀에도 소리가 닿도록 창을 조금 열었다. 바람이 없는 밤이었다. 올빼미 소리는 멀게, 또 가깝게 잘 들렸다. 불을 끈 방 안으로 파리한 달빛이 비쳐 들어 묽은 먹빛 그림자를 만들어 내고 있었다. 하기와라 사쿠타로가 쓴 시의 세계 같았다.

남편이 건강했을 때, 몇 번인가 우려먹으며 내게 이런 우스갯소리를 했다.

"내가 죽은 뒤 네 모습이 어떨지 상상이 돼. 친구나 편집자에게 나와의 추억을 이야기하다 엉엉 울 테고, 그 와중에 식욕은 또 왕성해서 만주를 와구와구 먹게 될 거야. 하나로는 모자라니까 두 개, 또 세 개. 넌 분명 그렇게 될 녀석이니까 내가 죽고 난 뒤의 너는 전혀 걱정되지 않아."

때에 따라 만주는 찹쌀떡이 되기도 했고 센베이가 되기도 했다.

며칠 전, 혼자서 커다란 도라야키(밀가루 반죽을 팬케이크처럼 구워 팥소를 끼워 만든 과자–옮긴이)를 먹다가 그 이야기가 문득 떠올랐다. 우습고 또 우스워서 혼자 깔깔대다가 정신 차려 보니 오열하고 있었다. 웃으며 오열하는 데 복근이 꽤 쓰인다는 사실을 그날 처음 알았다.

백 년이고 천 년이고

어젯밤 오랜만에 엄마가 꿈에 나왔다. 처음 본 작은 집, 좁은 다다미방의 침대에 엄마가 누워 있었다. 바로 옆 베개 위에는 개킨 아버지 잠옷이 놓여 있었다.

내가 "아버지는?" 하고 물으니 엄마는 졸린 눈으로 "아직 안 왔어"라고 대답했다. "이상하네. 벌써 10시 반인데." 내가 그렇게 말하자 "그러게. 이상하네"라고 중얼대며 엄마는 다시 잠에 빠져들고 말았다.

엄마가 왜 꿈에 나왔는지 나는 안다. 어제 낮에 뜬금없이 털실로 짠 속바지가 떠올랐기 때문이다. 내가 고등학생이던 어느 겨울 아침, "배가 차가워지면 좋지 않으니 이걸 입고 가"라며 엄마가 성화를 부렸다. 손으로 뜬 빨간 털실 속바지였다.

절대 싫다. 그런 꼴사나운 걸 부끄럽게 어떻게 입으라는 말인지. 나는 끝까지 버텼다. 엄마는 애써 뜬 빨간 속바지를 하릴없이 두 손으로 돌돌 말았다. 슬픈 얼굴이었다. 뭔가 엄마에게 엄청난 잘못을 저지른 기분에 휩싸였다. 괜히 더 짜증을 부렸고, 퉁명스레 "다녀올게" 하고 집을 나섰다.

50년도 더 된 일이 뇌리를 스친 날이니 엄마가 꿈에 나온 것도 당연했다. 그건 이해가 되는데, 남편은 왜 꿈에 나오지 않는 걸까? 꿈속에서 나는 생각했다.

남편이 죽고 4개월. 그렇게나 현세가 괴로웠던 걸까? 저쪽 세계에 극히 만족하고 있다는 걸까? 그런 면에서는 죽은 아버지도 마찬가지다. 아버지도 좀처럼 꿈에 등장하지 않는다.

지금도 어쩐지 엄마는 내 곁에 있어 준다는 느낌이 든다. 그러나 아버지에게는 그런 느낌이 없다. 남편도 마찬가지다. 아무렇지도 않게 현세와 결별한 모습에 조금 억울하기도 하다. 약간은 미련이랄까, 감사랄까, 마음에 걸리는 게 있어 줬어도 좋지 않았을까? 병으로 그렇게나 걱정시켜 놓고, 이제는 그런 것까지 깡그리 잊었구나 싶어 부아가 치밀기도 한다.

같이 산 세월은 37년인데 백 년이고 천 년이고 함께였다는 기분이 든다. 고목에 뚫린 큼직한 구멍 속, 터무니없이 긴 세월이 눅눅한 솜처럼 켜켜이 쌓여 있다. 혼자가 된 나는 지금, 어두운 그 구멍 속에 가만히 숨어 있다.

둘 다 작가다 보니 열띤 토론이 싸움으로 번지는 일도 잦았다. 헤어지네 마네 자그락댈 때도 많았다. 그런데도 다음 날이면 여느 때처럼 나란히 앉아 아침밥을 먹는 게 신기했다.

"어지간히 서로한테 질린 거지." 그는 종종 그렇게 말했다. 그때마다 나도 고개를 끄덕이며 "맞아. 정말 질렸어"라고 답했다. 그러면서 식후 차를 마셨고, 녹화해 둔 '형사 콜롬보'를 봤다. "이거 세 번째 보는 건데, 내용을 까먹었으니 이번에도 재밌게 볼 수 있겠다"며 함께 웃었다.

고양이들

옛날, 아주 먼 옛날, 내가 다섯 살이던 그 옛날. 그때까지 살던 도쿄의 사택에서 다른 사택으로 이사를 하게 됐다. 집을 실은 이사 트럭을 뒤따르기 위해 우리 가족이 자동차에 올라타려던 그때, 신기한 광경이 눈앞에 펼쳐졌다.

집을 둘러싼 시멘트 담벼락 위에 고양이들이 같은 간격으로 앉아 있었다. 엄마가 잔반을 챙겨 주던, 길고양이 가족이었다. 신세 진 고마움을 표하며 배웅이라도 하듯, 다들 예의 바르게 앞발을 모으고 있었다. 설마 고양이가 그렇게까지 할까, 지금도 그런 생각이기는 하나 환영을 본 것은 아니고 실제로 있었던 일이다.

연상이지만 친구로 지내는 지인이 몇 년 전 큰 수술을 받았다. "수술 후, 병실 침대 주위로 고양이들이 모여들었어. 그리고 가만히 지켜봐 주더라. 그게 나를 살렸어. 고양이 덕분이었지." 그녀에게 나중에 그런 이야기를 들었다. 예전에 그녀가 보살폈던 고양이들, 먹이를 챙겨 주던 길고양이들로 한 마리 한 마리 이름도 다 기억한다고 했다. 수술 후의 환각이었음은 두말할 필요도 없지만 묘하게 인상에 남는 이야기였다.

우리 집에는 고양이 두 마리가 살고 있다. 숲에 살던, 다부지고 늠름한 길고양이 엄마에게서 태어난 자매 고양이다.

남편이 투병 중일 때 두 녀석이 어땠는지 잘 기억나지 않는다. 충분히 돌봐 주지 못하던 날들이었다. 마지막 며칠, 두 녀석은 서재에 가만히 틀어박혀 있었다. 제 모습을 숨기기라도 하듯 소리 하나 내지 않았다. 깊은 밤, 가만히 쓰다듬어 주면 가늘게 뜬 눈으로 나를 올려다보며 소리 없이 '냐아~' 하고 입을 작게 벙긋댔다.

언제부터인가 두 녀석이 남편의 환자용 침대에서 잠을 자기 시작했다. 전에는 한 번도 침실에서 잔 적이 없었다. 그런데 지금은 그가 남긴 침대가 녀석들의 침상이 됐다. 게다가 잘은 몰라도 남편 베개가 마음에 든 모양인지 가끔 서로 갖겠다며 옥신대다가 싸움으로 번지기도 한다.

깊은 밤, 문득 잠에서 깨면 바로 옆 침대에서 새근새근 자고 있는 두 녀석이 보인다. 한 녀석은 베개 위에서, 또 한 녀석은 깔아 놓은 무릎 담요 위에서. 침대 너머로, 침실용으로 마련해 둔 조그만 영정이 보인다. 그 한 세트에 안심하고, 나도 다시 잠에 빠진다.

나는 종종 고양이들에게 말을 건다. "다녀왔어. 오늘은 좀 덥네…." 고양이들은 야옹거리며 내 말에 성실하게 대답해 준다.

남편이 아프기 전, 말다툼이 시작되기라도 하면 둘 사이에 한 녀석이 진지한 얼굴로 끼어들었다. 나를 올려다보며 "냐아옹~", 남편을 올려다보며 "냐아옹~" 큰 소리로 울었다. 둘 다 불시에 웃음이 터졌고 휴전을 선언할 수밖에 없었다.

6월의 쨍하게 맑은 날, 고양이들과 창밖을 바라본다. 울창해진 숲 여기저기, 엄청난 수의 산매미가 울고 있다. 셀 수 없이 울려 대는 아름다운 방울 소리 같다.

음악

녹화만 해 두고 아직 보지 않은 방송을 체크해 봤다. 제법 많은 숫자였고 그 안에 신종 코로나 바이러스에 대한 것도 있었다. 1월 중순 방영된 심야의 차분한 시사 프로로 내가 녹화해 둔 방송은 아니었다.

녹화일은 남편이 죽기 열흘 전, 그 바이러스가 세상을 뒤바꿔 놓게 될 줄 아무도 몰랐던 때와 시기가 겹친다. 남편은 영화를 제일 좋아했지만 소설에 도움이 된다는 이유로 논픽션 계열의 프로를 녹화해 두는 버릇이 있었다.

그렇다고는 해도 죽음이 확실하게 덮쳐 오던 시기, 흥미를 끄는 주제의 프로를 녹화하며 그는 어떤 생각을 했을까. 죽는다는 건 알지만 그걸 재생해 볼 시간 정도는 남았을 거라 생각한 걸까. 이런 게 다 무슨 소용인가 싶으면서도 습관에 따라 묵묵히 녹화한 걸까.

아무리 괴로운 상황에 처해도, 사람은 평소대로 살고 싶어 한다. 지금까지와 다름없는 일상을 보내고 싶은 거다. 나 또한 그랬다. 남편을 보내고 나서도 일어나는 시간, 잠드는 시간, 뭐 하나 변한 게 없다. 오랜 세월 이어진 습관은 살아가는 데 의지가 되기도 한다. 그도 그래서 그 프로를 녹화했던 걸까.

남편이 아프기 전부터 거실에 늘 틀어 두던 위성방송 라디오 채널이 있다. 바흐, 쿠프랭, 생상스, 포레 등 편안한 클래식만 종일 나오는 채널이다. 남편은 자신의 마지막 순간에 "저기서 나오는 음악을 듣고 싶다"고 했다. 사람의 목소리가 없는 음악. 플루트와 바이올린과 피아노의 고요하고 아름다운 선율….

그런데 입원이 필요해질 경우, 병원에 위성방송 채널이 없다면 남편은 그 음악을 들을 수가 없다. 친하게 지내는 편집자 T에게 상담을 청했다. T는 누구보다도 클래식에 조예가 깊다. 그는 곧바로 사정을 이해했고, 방대한 수의 컬렉션 중 조건에 해당하는 곡을 CD에 담아 우리 집 앞으로 부리나케 보냈다.

첫 번째 CD가 도착한 날. 그때만 해도 남편은 통화가 가능했다. 맑고 화창한 겨울날 오후였다. 그가 누워 있던 침대 옆 창으로 부드러운 햇살이 쏟아져 들어왔다. T가 써준 마음에 깊이 감동한 모양이었다. 곧바로 T에게 전화를 걸었고 쪼그라든 목소리를 쥐어짜 가며 몇 번이고 고맙다고 했다. "두 번째 것도 곧 보낼게요." T는 약속했다.

하지만 남편의 상태가 급속히 악화되기 시작했다. T로부터 세 번째 CD가 도착한 다음 날, 그는 영영 깨지 않는 잠에 들고 말았다.

남편의 장례식 날, 듣지 못하고 끝나 버린 음악을 종일 틀었다. 밤늦게 집에 돌아간 T는, 선곡하느라 산더미처럼 쌓인 CD를 보자 눈물이 솟구치더니 한참을 멈추지 않더라고 했다. "원래 잘 울지 않는 사람인데 말이죠" 하며 나중이 되어서야 내게 털어놨다.

   며칠 뒤면 그가 떠난 지 꼭 다섯 달이 된다.

슬픔이 고이는 자리

스트레스를 수치화한 순위 표를 살펴봤다. 다른 순위와 큰 격차를 벌리고 1위에 오른 항목은 '배우자 혹은 연인의 죽음'이었다. '가족의 질병'은 4위였다. 지난 몇 년 동안 내가 상당한 스트레스에 시달렸겠구나, 새삼 다시 생각했다.

소용돌이 안에 있을 때는 잘 모르기 마련인지라, 모든 것이 끝난 뒤 닥친, 떨쳐 내지지 않는 피로감에 무척이나 버거웠다. 게다가 사별 후 코로나로 인한 '거리 두기'라는 상상조차 못 한 사태에도 갇혀 버렸다. 소설에 '고독'이라는 말을 수천 번은 썼을 텐데도 고독의 진짜 모습이 뭔지 아무것도 몰랐다는 걸 뼈저리게 깨달았다. 작품 속에서 고독을 경솔하게 써 댄 업보이리라.

그런 와중 만성적인 어깨 결림이 악화되더니 좀처럼 나아지지 않았다. 목과 등에도 통증을 느껴 정형외과 검진을 받았다. 한동안 정기적으로 물리치료를 받기로 했다.

물리치료사는 젊은 여자였다. 그녀는 내 몸 전체를 공들여 살펴보더니 "여기에"라며 왼쪽 겨드랑이 쪽 갈비뼈 부근에 손을 댔다. "꽤 많은 피로가 쌓여 있네요."

그리고 잠시 주저하는가 싶더니 "동양의학에서는"이라며 작은 목소리로 덧붙였다. "…슬픔이나 쓸쓸함이 갈비뼈 안쪽에 고인다고 보고 있어요."

물리치료실은 널찍했고 한쪽에서는 고령자를 위한 체조 교실이 열리고 있었다. 하나, 둘, 셋, 하이! 여자 트레이너의 활기찬 구령 소리와 함께, 스무 명가량의 노인이 의자에 둘러앉아 간단한 체조를 하고 있었다. 휠체어에 앉은 사람도 있었고 재활 기간인 건지 몸이 불편해 보이는 사람도 있었다. 다들 기를 쓰고 열심이었다. 웃는 얼굴은 찾아볼 수 없었다. 트레이너의 구령 소리가, 초록 숲을 비추는 유리창에 튕겨 실내 가득 울려 퍼졌다. 장마 중 잠시 갠 맑은 날이었다.

죽기 몇 주 전 남편이 내게 말했다. "나이 든 너를 보고 싶었어. 그럴 수 없다는 걸 알게 되니 섭섭하다."

들을 때는 몰랐는데 눈물 나는 이야기를 했던 거구나, 지금에서야 생각한다. 영정 속 얼굴은 거기서 시간이 멈춘 채 영원히 변치 않는다. 이제부터는 나만 나이를 먹는다. 세월이 흘러, 아들의 영정 앞에 합장하는 노파로 보이는 날도 언젠가는 찾아오리라. 시간은 막무가내로 흘러간다.

둥그렇게 둘러앉아 체조 중인 노인들 속에서 죽은 남편과 나의 환영을 본 것 같았다. 늙은 남편과 늙은 내가, 웃음기라고는 전혀 없는 얼굴로 체조를 하고 있다. 하나, 둘, 셋, 하이! 밝고 건전한 그 소리가 묘하게 마음에 들지 않는 거다. 둘 다 그런 얼굴을 하고 있다. 못마땅한 것에 대한 반응도 예전부터 둘이 참 비슷했다.

　그날 집에 돌아와 물리치료사에게 들은 갈비뼈 이야기를 남편의 영정에 보고했다. 아무 반응 없이 잠자코 있는 게 마음에 들지 않았다.

작가가 두 사람

십 몇 년 전, 프랑스 작가 아니 에르노와 대담을 했다. 부부 모두 작가고 서재는 별도지만 함께 산다고 하자 그녀의 눈이 똥그래졌다. 한 지붕 밑에 작가 둘이 산다니 믿을 수가 없다고 진지한 얼굴로 말했다.

우리가 처음 만났을 때, 나는 적게나마 글쓰기로 돈을 벌고 있었다. 반면 프랑스에서 갓 귀국한 그에게는 마땅한 거주지도 없었고 수입도 없었다. 프랑스어는 유창했지만 대학을 중퇴하고 프랑스로 넘어간 탓에 주민표도 말소됐고 건강보험도 없는 상태였다.

그런 가운데, 같이 살 집을 찾기 위해 도쿄의 한 부동산 중개소를 찾았다. 집을 둘러보다 남편이 화장실에 가자 부동산 남자가 심각한 얼굴로 나를 돌아봤다. 기다렸다는 듯한 기세였다. "아직 늦지 않았습니다. 저 사람과 헤어지는 게 좋아요."

부동산 중개업자로부터 '파란 많은 인생'을 예언받은 순간이었다. 남자는 점쟁이 같은 얼굴로 고개를 가로저었다. "저는 거짓말 안 해요. 헤어지는 게 좋아요." 엄중한 목소리로 그 말만 반복했다. 더 드리프터즈(1960년대부터 1980년대까지 활약한 일본의 코미디 그룹-옮긴이)의 콩트 같은 상황이었다.

남편은 집에서 프랑스어를 가르치며 소설을 계속 썼다. 나도 질세라 쓰고 또 썼다. 좁은 아파트의 작은 방에 책상을 마주 보게 두고, 얼굴이 보이지 않도록 중앙에 두꺼운 천을 늘어뜨렸다. 온종일 쓰고 또 썼다. 밤이 되면 버번에 물을 타 마시며 소설에 대해 신나게 수다를 떨었다.

　　머지않아 부동산 남자의 예언이 적중할 조짐을 보였다. '부부가 동시에 나오키상(1년에 두 차례 시상하는 일본의 대중문학상-옮긴이) 후보'라는 전대미문의 사태와 마주했기 때문이다.

　　1996년 1월. 심사 결과 발표 당일, 우리는 같이 상경했고 각자의 담당 편집자와 각기 다른 장소에서 결과를 기다렸다. 내 작품이 수상작으로 결정됐다는 소식을 들었을 때, 가슴 깊은 곳에서 하늘빛의 여리하고 슬픈 연기 같은 게 피어오르는 것 같았다. 그 느낌을 지금도 확실히 기억하고 있다.

　　기자회견장으로 향하기 전, 본가에 전화를 걸었다. 부모님과 결과를 기다리던 여동생이 전화를 받았다. 수상 소식에 동생은 환호성을 질렀다. 그러고는 얼른 목소리를 낮춰 "그러면 그는? 그는 어떻게 됐어?" 하고 물었다.

　　"잘 안됐어"라고 대답하자 동생이 소리 내어 울기 시작했다. 인생에서 가장 기뻤던 순간은 그로부터 5년 뒤, 남편이 나오키상을 수상할 때까지 유보됐다.

둘 다 너무 바빠 정신없이 지내던 때, 교토의 북쪽에 위치한 하나세 마을에 취재하러 간 적이 있다. 아무도 없던 개울가, 반딧불이가 난분분 무리 지어 춤추고 있었다. 개울가에 피어난 초롱꽃들은 덧없이 꺼져 버릴 호롱불처럼 점멸하고 있었다. 꽃 속으로 반딧불이가 파고든 까닭이다. 현실 세계의 것이라 믿기지가 않던 풍경. 그렇게나 아름다웠는데 남편에게 말해 주지 못했구나, 조금 전 문득 그 사실이 떠올랐다.

말해 주지 못하고 끝나 버린 이야기는 그것 말고도 많다. 한 지붕 아래 작가가 두 사람. 그와 나는 열심히 수다를 떨었고, 열심히 썼고, 그중 하나가 한발 먼저 떠나고 말았다.

이
상
한 일

오랫동안 소설을 쓰다 보면 가끔 이상한 일을 겪는다. 내가 과거에 썼던 소설 속 한 장면, 혹은 이야기의 일부와 완벽하게 똑같은 일이 현실에서 일어나기 때문이다. 머릿속으로 지어낸 것에 불과한, 상상 속의 장소나 건물과 똑같은 광경을 목격하고 정신이 혼미해질 것 같은 때도 있었다.

'언령言靈(말에 깃든 신비롭고 영적인 힘. 고대 일본인은 언령 때문에 말로 표현한 내용이 현실에서 그대로 이루어진다고 믿었다-옮긴이)'이라는 단어가 이 상황에 딱 들어맞는 단어다. 우연이라 치고 넘어가려 해도 사실 너무 이해가 안 된다.

내가 직조한 언어가 눈에 보이지 않는 곳에서 복잡한 화학변화를 일으키는 건 아닐까? 그래서 미시 세계에 미세한 파동을 만들어 내고, 그 탓에 시간 축이 아주 약간 틀어지게 된다. 그 결과, 현실에 흐르는 시간에 잔물결이 일고, 예정조화(독일 철학자 라이프니츠의 철학 개념. 우주의 무수한 개별적 존재가 질서를 이루는 까닭은 신이 모든 것을 예정하고 조율했기 때문이라는 이론-옮긴이)가 무너지면서 언어가 만들어 낸 환영이 유기적인 무언가로 발현되는… 그런 것일지도 모를 일이다.

2014년부터 2015년까지 장편소설 《먼로가 죽은 날》을 주간지에 연재했다. 주인공은 환갑에 가까운 여자로, 남편을 암으로 잃은 지 얼마 되지 않았다. 아이는 없었고, 남편과 살던 숲속의 집에서 고양이 두 마리와 조용히 지내며 근처 문학관에서 관리인 일을 하고 있다. 절망적인 고독과 상실감, 주인공이 느끼는 감정의 굴곡을 묘사하며 이야기는 시작된다.

왜 그런 설정을 했냐고 물어도 뭐라 대답하기는 어렵다. 나로서는, 작품 속에 내 생활이나 상황의 일부를 집어넣는 건 흔한 일이다. 그러니 그 작품만 특별했던 것도 아니다.

연재 중 남편 후지타는 건강했다. 병의 조짐은커녕 그럴 만한 그림자조차 없었다. 전과 마찬가지로 그는 많은 일을 해내고 있었다. 내가 알던 모습 그대로였다.

할 필요도 없는 말이지만, 집필 도중 내가 만들어 낸 이야기의 일부, 혹은 사소한 묘사 들이 나중에 내 처지로 돌아오리라고는 상상조차 하지 못했다.

4년 뒤 봄, 남편의 폐에서 손쓸 방법이 없는 악성종양이 발견됐다. 지금껏 순조롭게 흘러가던 시간이 그 순간 멈췄다. 그때까지 알고 있던 익숙한 세계가 얇은 막 한 장을 사이에 두고 저쪽으로 사라져 가는 느낌이 들었다.

작년 1월, 이 장편소설이 NHK 위성방송에서 드라마로 만들어졌다. 투병 중이던 남편이 같이 보자고 말을 꺼냈다.

소설에 쓴 내용들이 이미 실제로 벌어지고 있었다. 모르는 척 같이 드라마를 보는 것이 괴로웠다. 다행히 그가 눈치챈 것 같지는 않았다.

머지않아 소설 속 주인공은 연하의 남자와 조용한 사랑에 빠진다. 소설의 그 부분만이, 아늑하고 따뜻한 구원이 있는 꿈처럼, 지금의 나를 위안해 주고 있다. 내가 쓴 글을 두고 이러니 우습기도 하다.

오늘도 비가 계속 내린다. 날이 어두워질수록 짙은 수액 향기가 밖을 가득 채운다. 숨이 막힐 것 같다. 어쩌면 흘러가는 시간에 숨이 막혔던 것 같기도 하다.

밤에 깎는 손톱

다이쇼 시대(1912~1926-옮긴이)에 태어난 아버지는 철저한 무신론자였다. 계명(승려가 죽은 자에게 지어 주는 이름-옮긴이)은 절대 필요 없고, 부쓰단(가족의 위패를 모시는 가정용 제단-옮긴이)도 답답해 보이니 필요 없다고 평소에 자주 말했기 때문에 양친의 위패는 본명 그대로 써서 올렸다. 아버지 원대로 부쓰단도 갖추지 않았다.

외가 쪽은 대대로 하코다테(일본의 최북단 홋카이도에 속한 항구도시. 일본의 개항지 중 한 곳으로 서양 문물과 대륙의 문화가 활발히 오가던 곳이기도 했다-옮긴이)에서 살았다. 엄마 또한 대륙적인 기질의 소유자였다. 그녀의 신앙은 자연숭배나 애니미즘에 가까웠고, 형식적인 것보다는 기분이나 마음을 더 중요하게 생각했다. 두 사람의 위패는 우리 집 해가 잘 드는 쪽에 마련한 소박한 제단 공간에 모셔 두었다. 생전의 이름 그대로 위패에 썼기 때문에 초등학생의 이름표처럼 귀여운 구석이 있다.

위패 주변으로 그 철에 핀 꽃이나 과자, 앙증맞은 소품, 내 소설 등등 자질구레한 것들이 잔뜩 늘어서 있다. 그 때문인지, 언제부터인가 위패 공간이 작은 동화의 나라처럼 변하고 말았다. 팅커벨이 등장해 당장이라도 은가루를 뿌려 댈 것처럼.

남편 또한 무신론자였다. 장례식 같은 건 필요 없어. 아무 것도 하지 않아도 돼. 내가 좋아하던 이 집에 내 유골이 잠시 머물게 해 준다면 그걸로 충분해. 그가 남긴 유언이었다.

지금 그의 제단도 부모님의 것과 비슷해지고 있다. 그의 저작들, 꽃과 작은 인형, 과자와 과일, 금방 내린 녹차와 커피, 귀여운 잡화…. 이것도, 저것도 하며 내가 올리고 있기 때문에 조만간 여기에도 팅커벨이 나타나 줄지 모르겠다. 아름다운 무지갯빛 날개를 파닥이며.

종교와는 연이 없던 사람이지만 미신에는 꽤 예민한 사람이었다. 밤에 손톱을 깎으면 소중한 사람의 임종을 지킬 수 없게 된다며, 손톱은 반드시 낮에, 햇볕 아래에서만 깎았다.

나는 실생활에서 미신을 신경 쓰는 편은 아니다. 손톱은 꼭 밤에 깎았고, 손톱을 깎는 동안 다른 생각에 빠져 있기 때문에 불길하고 말고 할 것도 없었다.

하지만 나는 소중한 상대의 임종을 하나같이 지키지 못했다. 아버지 때도, 엄마 때도 제때 도착하지 못했다. 병에 걸려 입원한 고양이가 동물 병원에서 죽어 갈 때도.

남편은 시한부였고 죽는다는 것은 이미 알고 있었다. 그러니 임종을 지키고 말고는 문제가 되지 않았다. 줄곧 남편 곁에 있을 생각이었으니까. 그러나 마지막의 마지막이 되자 그를 병원으로 이송할 수밖에 없는 상황이 왔다. 입원 준비를 위해 밤늦게 일단 집으로 돌아가야 했고 다음 날 아침 일찍, 병원에서 호출을 받았다.

그날 아침, 유독 신호마다 다 걸렸다. 도중에 몇 번이나 병원에 전화를 걸어 "이제 곧 도착합니다! 10분이면 도착합니다!" 하고 절규했다.

아내분이 곧 도착할 거라고, 조금만 더 힘을 내라고 마지막까지 의료진의 격려를 받았다는 남편은, 내가 병실로 뛰어 들어갔을 때, 숨을 쉬고 있지 않았다.

어째서 그 겨울의 아침은 그렇게 맑고 푸르렀던 걸까. 아직 따뜻하던 남편의 시신이 왜 그토록 밝은 빛 속에 누워 있었던 걸까. 그런 것들을 떠올리며, 오늘도 나는 밤에 손톱을 깎고 있다.

빛으로 변해

유치한 이야기지만 이 나이를 먹고도 나는, 시간은 왜 흘러가는지, 영원은 왜 손에 넣을 수 없는지, 그런 것들을 생각한다.

고등학생 때부터 그런 부질없는 생각을 했다. 당시 늘 지니고 다니던 공책에 시도 아니고 산문도 아닌 서툰 글을 써 대고는 했는데, 그 안에 '영원'과 '시간'이라는 단어가 수두룩하게 쓰여 있다. 무정하게 흘러가는 시간들. 잠깐이라도 좋으니 시간을 붙잡아 두고 싶다는 기도와도 같은 바람이 내게는 있었다.

시간은 흘러간다. 태어난 것은 사라진다. 시작된 것은 끝이 난다. 단 하나의 예외도 없다. 어린아이였을 때부터 그 사실을 알았지만 나만 그런 것은 아닐 테고, 그저 입 밖에 내지 않을 뿐, 많은 아이들이 비슷한 것을 느끼며 자란다고 생각한다. 누구한테 배운 것도 아닌데 말이다.

나와 남편이 40대였던 어느 날, '작가의 전생 특집'을 꾸밀 예정인데 부부가 함께 도와줄 수 없겠느냐고 모 잡지사에서 의뢰가 들어왔다. 말하자면 '재미를 위한 기획'이었다. 그러니 일단 부담이 없었고, 믿고 안 믿고를 떠나, 전생을 본다는 사람이 있다면 만나 보고 싶다는 생각에 의뢰를 수락했다.

선천적으로 강한 영적 능력을 타고났다는, 젊고 풋풋하고 사랑스럽고 극히 보통 사람 같던 그녀는, 도쿄의 한 상가 건물 사무실에서 '오라(인체가 발산하는 영적 에너지-옮긴이)' 감정 전문가로 활동하고 있었다. 그녀는 나를 보자마자 놀란 표정을 지었다.

잘은 모르겠지만 내가 십만 명 중 한 명 있을까 말까 한 극히 드문 오라를 갖고 있다고 했다. 오라의 색깔은 금색으로, 때때로 금가루(=금색 오라의 에너지)를 주변에 뿌린다고도 했다. 게다가 사람은 죽으면 반드시 다시 태어나지만(=환생) 나의 경우, 몸이 죽어 육체가 소멸하면 더 이상 환생하지 않고 공중에 떠올라 '빛'이 된다고 했다. "당신은 당신이 마지막이에요. 다음은 없습니다. 다시 태어나지 않고 '빛'으로 변해 사랑하는 것들을 지키게 될 겁니다."

참고로 남편의 오라는 보라색으로 승려와 철학자에게 많은 색깔이라고 했다. 반복되어 온 그의 전생 중 가장 잘 보이는 전생은, 미국 한 지방 도시의 저택에서 일하던 하녀(전생에서는 성별이 어느 쪽이든 가능하다고)였다. 나는 남프랑스 프로방스의 포도 농장에서 일하던 남자였다고. 강하고 다부진 육체에, 부지런하고 가정적이며 자식을 끔찍이 위하던 사람이었다고 했다.

재밌자고 참여한 기획이었으나 그때 들었던 이야기가 내 안에 깊이 새겨졌다. 죽을병을 선고받은 남편을 앞에 두고, 왜 내가 먼저 죽지 않는 건지, 먼저 죽어 하늘의 '빛'이 되었어야 순서가 맞는 게 아닌지 생각했다. "내 금가루 오라로 지켜 줄게." 그런 말도 여러 번 했다. 그러면 남편은 그 말을 받아, 두 팔을 뻗어 오라를 받아들이는 시늉을 했고 "이젠 걱정 없겠다"며 어딘가 쓸쓸한 미소를 지었다.

시간은 1초의 오차도 없이 날아간다. 멈춰 주지 않는다. 윤회와 환생. 언제가 내가 '빛'으로 변한다면 다시 태어난 그를 환히 비춰 주면 된다. 그러면야 되지만… 흘러갈 시간이 아득하기만 하다.

내려 쌓이는 기억

코로나라는 단어를 듣지 않고 보지 않는 날은 사라졌다. 코로나를 빼고 현실을 말하기란 불가능해졌다. 우리는 깊은 구멍 밑바닥에 숨어 쩔쩔매게 됐다. 과거와 현재는 분리됐고 미래가 보이지 않게 됐다.

가끔 멍하니 텔레비전 화면을 보다가 '이 방송은 20XX년 X월에 방송된 내용입니다'라는 자막이 지나가는 걸 본다. 화면에 비친 사람들은 마스크를 쓰지 않았다. 아, 그랬구나 싶다. 바로 얼마 전까지 당연한 일상이었던 풍경이 텔레비전 안에 있다.

젊을 때부터 나는 연호 말고 서력을 써 왔다. 있었던 일이나 특별한 사건을 머릿속 연표에 서력으로 기록하고 있다. 특히 남편이 병을 얻고부터는 훨씬 더 상세하게 그 표를 분류하게 됐다.

그런 까닭에 자막으로 지나가는 숫자를 보는 순간, 모든 기억이 일제히 떠오른다. 그 무렵이라면 그는 아직 건강했다. 나중에 무슨 일이 벌어질지 전혀 모른 채 일을 했고, 서로 바쁘게 도쿄를 오가던 생활도 여전했고, "왜 나만 요리를 해야 하는 건데?" 그렇게 내가 투덜대면 "너는 너무 따지고 들어"라는 대꾸가 돌아와 욱하기도 하며, 늘 그랬듯 시끌벅적 활기차게 지냈다.

자막 날짜가 방사선 치료 시기와 겹친다면, 방사선 조사 부위에 자외선이 닿지 않게 주의하라는 말을 의사에게 들었던 일, 여름날 오후 그가 운전하는 차를 타고 챙이 넓은 밀짚모자를 사러 갔던 일, 그때 모자 매장 옆에 있던 싸구려 액세서리 판매대에서 980엔짜리 귀걸이를 샀던 일 등등 온통 시시한 것들만 떠오른다.

기억은 버릴 수가 없다. 버렸다고 생각해도 뜻하지 않은 곳에서 고개를 불쑥 내민다.

나처럼 사별과 코로나를 동시에 겪어야 했던 사람도 많았을 것이다. 미지의 역병이 순식간에 세계를 뒤바꾸고 만 사건, 그리고 사별로 인한 깊고도 개인적인 상실의 경험. 그 둘이 겹치면서 눈앞에 펼쳐진 풍경은 색을 잃는다. 무언가에 의해 강제로 찢기고 내버려진 느낌. 평온하게 흘러갔을 시간에 균열이 일고, 기억의 파편이, 지치지 않는 눈처럼 거기에 내려 쌓인다.

며칠 전 현관에 있던 남편의 신발을 버렸다. 검은색 인조 스웨이드 재질의 슬립온. 멋은 없지만 신고 벗기 편한 신발이었다. 그는 그 신발을 좋아해서 병원에 갈 때마다 꼭 그것만 신었다.

장맛비가 이어진 탓에 신발에 곰팡이가 피기 시작했다.

그가 집에 있다는 느낌을 받고 싶어 계속 현관에 두려고
했으나, 곰팡이 핀 신발이 가여웠다.

　밀짚모자를 샀던 날 그가 둘렀던 얇은 노란색 머플러로
신발을 감쌌다. 쓰레기봉투에 담고 "그동안 애 많이 썼어"
속삭여 준 뒤 정원에 핀 산수국 한 송이를 바쳤다. 근처 나
무에서는 쓰르라미가 울고 있었다.

최후의 만찬

마지막으로 남편이 먹었던 음식이 뭐였더라? 얼마 전 문득 그 생각이 났다. 일단 기억의 실마리가 잡히자 온갖 것들이 생생하게 떠올라 가슴이 미어졌다.

숨을 거두기 사흘 전 아침, 침대에 누워 있던 그가 리모컨으로 텔레비전을 켰다. 광고였는지 음식 방송이었는지는 잊었지만, 우연히 스테이크 영상이 지나가는 걸 보고 "고기 먹고 싶다"고 혼잣말처럼 중얼댔다. "스테이크가 좋겠다"고 했다.

식욕이 없다는 걸 모르던 남자였다. 그러나 그 무렵의 그에게는 먹는 일 자체가 고통이었다. 그런 그에게 먹고 싶은 음식이 있다는 요청을 받은 것도 오랜만이었다.

그날 저녁, 신이 나서 고기를 구웠다. 소금 치고 후추 치고 올리브 오일에 버터까지 넣어 등심 스테이크를 구웠다. 굵기는 구웠으나 정말 적은 양이었다. 40그램 정도나 됐을까? 곁들임으로는 으깬 감자 조금과 데쳐서 잘게 썬 당근을 준비했다. 밥공기에 갓 지은 밥을 절반 정도 담고 김조림도 조금 덜었다. 시원한 물과 함께 쟁반에 담아 침대의 사이드 테이블로 가져갔다.

밥과 반찬은 맛을 본 정도로 대부분 남겼지만 스테이크만은 깨끗하게 다 먹었다. "잘 먹었네?" 하고 내가 칭찬하자 "맛있었어"라고 만족스러운 얼굴로 대답했다.

그러나 다음 날부터 그는 거의 아무것도 먹지 못하게 됐다. 전날 저녁에 먹은, 소꿉놀이 장난감 같던 그 조그만 등심 스테이크가 그의 '마지막 만찬'이었다.

아버지와 엄마는 말년을 요양 시설에서 보내다가 병원에서 눈을 감았다. 아버지, 엄마의 마지막 만찬은 뭐였더라? 기억을 더듬어 본다. 아버지는 급식관을 배에 단 채 숨을 거뒀다. 그러니 마지막으로 먹은 음식이 뭐였는지 도무지 기억나지 않는다. 주치의는 아버지에게 급식관을 달았어도 연습만 하면 아이스크림 정도는 편하게 먹을 수 있을 거라고 했다. 그날이 오길 고대하던 아버지의 모습만은 기억이 난다.

생의 거의 막바지, 병원 링거에 의지하며 생을 이어 가던 엄마는, 가끔 의식이 또렷할 때 푸딩은 먹을 수 있겠다고 했다. 그러니 아마 엄마의 마지막 만찬은 나와 동생이 사 온 푸딩이었을 것이다. "잘못 삼키면 사레드니까 조심해야 돼." 조잘조잘 잔소리하는 게 언짢다는 듯 우리를 흘낏 쳐다보던 엄마의 야무진 눈빛이 떠오른다. 엄마가 젊었을 때, 약간 심술궂은 표정일 때, 그때의 눈빛과 똑같았다.

여름이었고 한낮이었다. 여동생과 병원에서 나와 나란

히 양산을 받쳐 들고 기름매미가 시끄럽게 울어 대는 숲길을 잠시 걸었다. 이제 얼마나 남았을까? 그런 이야기는 하지 않았다. 그래도 알고 있었다. 내년 여름에 다시 우리가 여기 올 일은 없으리라는 걸. 우리가 아는 거라고는 그 정도뿐이었다.

남편을 보내고 처음 맞은 오본(음력 7월 15일. 한국의 백중에 해당되는 날로 일본의 큰 명절 중 하나다. 양력이 도입되며 1873년부터는 대부분 지역에서 양력 8월 15일을 따른다. 장례를 치르고 맞이하는 첫 오본은 망자의 혼이 집에 처음 돌아오는 날로 여겨 보통 때보다 더 예법을 갖춰 보내는 게 일반적이다-옮긴이)이라고 별다른 걸 준비하지는 않았다. 하지만 매일 밤 나는 그의 제단에 손수 만든 음식을 작은 접시에 담아 올린다. 옥수수 솥밥, 잘게 썬 장어에 오이나 양하(생강과의 채소)를 넣어 버무린 초무침, 레몬을 곁들인 새우 소금구이….

벌써부터 정원에 고추잠자리가 어지러이 난다. 고원의 여름은 짧다.

고양이의 꼬리

아이는 때로 부모에게 재밌는 질문을 한다. 내가 아는 어느 편집자는 여덟 살 딸아이에게 이런 질문을 받았다.

"죽은 뒤 천국에 가서 '이런 일이 있었습니다' 하고 하느님과 재밌게 놀 수 있는 길이 있고, 작은 새가 되어 살아가는 길이 있다면 엄마는 어떤 걸 고를 거야?"

여덟 살 여자아이가 '죽음'을 인식하고, 느끼고, 생각하고, 상상의 날개를 펼친다. 죽음은 막연한 형태로 어린아이의 마음속에도 벌써부터 그림자를 드리운다. 그러나 천진무구한 상상력이 그 그늘에서 스스로를 구해 낸다.

그 여덟 살 여자아이는 고양이를 무척 좋아했다. 집에서도 고양이를 키웠고 "내가 다시 태어난다면 고양이 꼬리가 되고 싶어"라는 명언을 남긴 적도 있다. 지금 바로 되고 싶다는 게 아니다. '다시 태어난다면'이라는 말에 포함된 절묘한 상상력. 윤회와 전생까지는 아니겠지만 다시 태어난다는 발상이 이미 그녀의 내부에 싹터 있다는 것, 게다가 그것이 '고양이의 꼬리'로 상징되는 그 무엇이라는 것에 깊이 감탄했다.

30년쯤 전, 버려진 건지 어쩌다 숲을 헤매게 된 건지, 갈색 줄무늬의 커다란 수컷 고양이가 우리 집에 드나들기 시작했다. 길고 튼실하고 멋진 꼬리를 가진 고양이였다.

당시 도쿄에서 데려온 우리 집 고양이는 백 퍼센트 실내에서만 생활했고 태어날 때부터 꼬리가 갈고리 모양으로 굽어 있었다. 야생에서 살 수 있고 꼬리가 긴 고양이와 친해진 건 처음이라 모든 게 신선했다.

아무도 없는 숲속으로, 그 고양이와 나는 자주 산책을 나갔다. 충직한 개가 그러하듯, 그는 늘 내 옆에 붙어 나란히 걸었다. 꼿꼿하게 선 꼬리가 내 손가락 바로 앞에 있었고, 그 꼬리를 가볍게 쥐고 걷는 게 어느새 버릇이 됐다. 고양이에게 이끌려 걷는 숲. 그는 길잡이였다. 고양이에 이끌려 숲속 깊은 곳까지 파고든다는 것 자체가 기분 좋았다.

만약 내가 죽으면 이렇게 너의 꼬리를 잡을게. 좋은 곳에 데려다주렴. 가끔 고양이에게 그런 말도 했다. 그 상상은 오래도록 나의 내부에서 따뜻한 것으로 존재했다. 그러나 어느 해 가을인가, 의기양양 외출에 나섰던 그가 다시는 돌아오지 않았다. 내 손에서 꼬리가 사라졌다.

남편이 죽었을 때 문득 그를 떠올렸다. 그 위풍당당하고 튼튼한 꼬리를 가진 고양이가 있어 줬다면 어땠을까?

갈색 줄무늬 고양이 한 마리가 길잡이를 자청하고 남편 곁에 붙어 걷는다. 남편은 한 손으로 그의 꼬리를 잡고, 안개 자욱한 지평선 너머, 죽은 자를 받아들여 준다는 신비의 장소를 목적지 삼아 걷고 있을지 모를 일이다.

우리는 그에게 '토라(호랑이-옮긴이)'라는 이름을 붙여 줬다. 희대의 사냥꾼이던 토라는 겨울잠쥐나 다람쥐, 산비둘기까지 물고 왔고 그때마다 나의 비명이 숲에 울려 퍼지고는 했다.

남편은 수컷인 그를 각별히 귀여워했다. "그렇지, 토라? 남자들끼리만 통하는 그런 거, 너는 알잖아?" 하며 종종 그에게 말을 걸었다.

토라가 곁에 있고, 토라의 꼬리를 잡고 숲속으로 즐거이 사라져 가는 남편의 환영이 눈에 선하다. 내게도 고양이의 꼬리가 있었으면 좋겠다.

생명이 있는 것들

유인 우주 비행이 아직 실현되기 전인 1957년, 소련은 스푸트니크 2호에 개를 태워 지구 궤도를 도는 것에 성공했다. 개의 이름은 라이카였다.

라이카에 대해서는 나중에 부모님께 들었다. 이후 로켓에 실린 개 한 마리가 칠흑 같은 우주를 떠도는 모습이 각인되어 머릿속에서 사라지지 않았다. 실제로 본 것처럼 선명했다. 무서운 정적 속에서 푸른 지구를 바라봤을 개의 고독을 상상하면 견디기가 힘들었다.

남편도 나와 비슷한 감수성을 갖고 있었다. 우리는 동물의 딱한 에피소드를 다룬 영화나 드라마는 절대 보지 않으려고 했다. 슬프고 불편한 마음을 숨기려고 이상한 장면에서 웃거나 쓸데없는 감상을 늘어놓는 등 부자연스러운 행동을 하기 때문이다.

그러나 숲에 사는 이상, 자연계의 잔혹한 현실을 목격하는 건 피할 수 없는 일이다. 우리가 나무 높이 매달아 둔 새집에 박새가 새끼를 깐 적이 있다. 이제 조금만 더 있으면 둥지를 떠날 때가 됐는데 줄무늬뱀이 나타나 둥지 쪽으로 접근했다. 뱀은 박새 새끼를 통째로 삼켰고 쓰치노코(뱀처럼 생겼으나 몸통이 크고 불룩하다. 목격담은 많지만 실체는 없는 미확인 동물이다-옮긴이)처럼 배를 불룩거리며 숲속으로 사라졌다.

　겨울이 되면 밤마다 털이 근사한 여우 몇 마리가 영하로 얼어붙은 마당에 찾아왔다. 처음에는 한 마리였고, 입춘 때 액막이로 뿌린 콩을 먹으러 왔던 것이 왕래의 시작이었다. 그러다가 짝을 만났는지 암수 한 쌍으로 나타나 사이좋게 호두를 나눠 먹었다. 그러나 언제부터인지 수컷이 보이지 않게 됐다. 거의 잊었을 무렵 수컷이 다시 나타났고, 뒷다리가 하나 없었다. 그를 본 건 그날이 마지막이었다.

　한편 새로운 생명도 매년 어김없이 태어났다. 남편이 말기 암을 선고받았던 해와 그 이듬해에는 노랑할미새들이 마당 여기저기에 잇달아 둥지를 틀었다. 다 합쳐 열여덟 마리나 되는 새끼들이 무사히 둥지를 떠났다. 이렇게 많은 생명이 태어났으니 남편에게도 분명 기적이 일어날 거라고 생각했다.

　그러나 올해, 새들은 우리 집에 둥지를 틀지 않았다. 겨울털로 털갈이한 여우도, 너구리 부부도 나타나지 않았다. 우리 집 고양이가 남긴 밥을 먹으러 오던 검은 길고양이도, 날렵한 일본담비도 완전히 모습을 감췄다. 동물들이 남편의 죽음을 알고 일부러 그러는 게 아닐까 싶을 정도였다.

　어제 오랜만에 원숭이 가족이 마당에 나타났다. 산에서

산으로 넘어가는 습성이 있는 그들에게 우리 집 마당은 통로 중 하나다. 사방에 똥을 싸는 통에 보통은 얼른 쫓아내지만 어제는 도무지 그럴 수 없었다. 일곱 마리쯤 되는 무리 속에 다리 하나를 잃은 원숭이가 있었기 때문이다. 아직 젊은 원숭이였다. 남편이 살아 있었다면 둘이 또 안타까워했겠다 생각하면서도, 다리가 셋인 원숭이가 의외로 씩씩하게, 이 나무에서 저 나무로 몸을 날려 멀어져 가는 것을 끝까지 배웅했다. 가을다워진 햇살이 쏟아지고 있었다.

잃는다는 것

배우자를 떠나보내거나, 배우자를 남기고 떠나는 일. 누구나 살면서 한 번은 겪게 될 사건이다. 두 사람이 동시에 죽을 확률은 극히 낮다. 복권 당첨이나 진배없다고 한 사람이 있었는데 딱 들어맞는 표현이다. 누가 먼저일지는 아무도 모르고 어느 정도 나이가 들면 자연의 섭리로 받아들일 수밖에 없다.

그렇다고는 해도 얼마 전까지 마주 앉아 밥을 먹던 사람, '어깨가 뻐근하네, 허리가 쑤시네' 하며 서로에게 파스를 붙여 주던 사람, 예전에 같이 일했던 편집자 이름을, 소설이나 영화 제목을 한쪽이 까먹고 물어보면 다른 쪽도 기억해 내지 못하기 일쑤고, 그게 매번 우스워서 깔깔대다가 '과연 누가 먼저 치매에 걸릴까?' 우스갯소리를 해 주던 사람. 그런 사람이 사라졌다는 것…. 고요한 집, 고요한 식탁에 앉아, 연예인, 정치인에 대해 떠들던 재미가 사라진 텔레비전을 보며 홀로 밥을 먹다가, 먹구름처럼 닥쳐오는 상실감에 문득 무너질 것 같을 때도 있다.

그가 죽고 7개월. 아직 그것밖에 안 됐구나 싶다가도, 이제 슬슬 혼자에 익숙해질 때도 됐다고 스스로를 타이른다.

둘 다 작가여서 그랬을까? 일단 논쟁이 시작되면 말로는 서로에게 지지 않았다. 누가 더 논리적이었는지는 모르겠다. 아마 엇비슷했을 거라 생각하지만 적어도 집요함에 서만큼은 남편을 이길 수가 없었다. 하고 싶은 말을 해 버리면 그걸로 됐다 싶은 나와는 달리, 끝까지 이치로 따져 묻고 물러섬이 없던 남자였다.

예전에 남편이 내동댕이쳤던 말들. 억지를 부려 화를 솟구치게 하던 말들을 이것저것 떠올려 본다. 그때 그런 소리를 했었지, 이런 소리도 들었지, 꼬리에 꼬리를 물고 '어두운 기억'이 몸집을 불려 나간다. 상실의 슬픔이, 흔들흔들 출렁이던 그 희미하고 부드러운 윤곽이 뾰족하고 예리한 무언가로 변해 가는 느낌이 든다. 됐다. 이렇게 하면 현실로 되돌아갈 수 있겠다. 편안해질 수 있겠다. 든든한 생각도 들지만 그것도 잠시뿐, 오래가지 않았다.

오랜 세월 같이 살며, 혈관이 끊어질 것처럼 화가 났던 적도 수두룩했다. 그런데 이제 와 보니 즐거웠던 일, 재밌었던 일, 둘이 공유해 온 사소한 일상의 기억이 그 숫자를 훨씬 능가하고 있다. 루빅큐브를 착착 돌려 완성이 코앞인데, 마지막 큐브 하나가 도무지 맞춰지지 않는 기분. 예를 들면 그런 기분이랄까.

9월이 되니 조금씩 해가 짧아진다. 퍼뜩 정신 차리고 보면 창밖으로 벌써 해가 넘어간다.

삶과 죽음은, 광대무변한 우주에서 보자면 아주 작은 점일 뿐이다. 호들갑 떨지 말자. 마음속으로 그렇게 외치며 커튼을 닫고, 외등을 켜고, 고양이와 나를 위한 식사 준비를 시작한다.

그날의 컵라면

늦은 아침을 먹으며 멍하니 텔레비전을 보는데, 길거리에서 청바지 차림의 일흔 살 남자를 인터뷰한 장면이 시선을 끌었다. '당신의 인생에서 가장 큰 시련은 무엇이었나요?' 아마 이런 질문이었을 것이다.

18년 전 아내와 사별한 일이라고 그는 대답했다. 아내가 남긴 레시피 노트를 하나부터 익혀 나갔다고 했다. 시행착오를 거듭하며 음식을 만들어 보고, 또 그걸 먹으며 18년쯤 지나고 보니 겨우 일상의 활력을 되찾을 수 있었다는 이야기다.

나도 모르게 등줄기가 곧추섰다. 그리고 감탄했다. 혼자가 된 남자가, 상실감과 더불어 긴 세월을 꿋꿋이 살아 냈고, 건강하게 고희를 맞았다. 쉬운 일은 아니었을 것이다. 보통은, 아내를 먼저 보낸 남성이 남편을 먼저 보낸 여성보다 우울감이 높고 자포자기하는 경향이 강하다고 하니까.

부부는 원래 서로에게 의존하는 관계다. 그러므로 한 사람이 사라지면 남겨진 사람은 한동안 망연자실할 수밖에 없다. 아무리 손을 뻗어도 의지가 되어 주던 상대는 없고, 출구를 찾을 수 없는 허무가 망망대해처럼 펼쳐질 뿐이다.

그런데도 사람은, 생명을 이어 나가기 위해 무언가를 먹는다. 죽을 것 같은 쓸쓸함에 파묻혀 있다가도 먹는 일을

잊지 않는다. 그건 아마 인간이 지닌 귀한 본능 같은 것일
지도 모르겠다.

남편이 죽음으로 향하는 급행열차에 탔다는 사실. 그
사실이 점점 확실해지던 무렵, 함께 도쿄의 병원에 가서
주치의와 상담한 뒤 신칸센을 타고 돌아왔다. 저녁때였고,
점심도 변변히 먹지 못했는데 식사 준비를 할 마음이 나지
않았다. 남편은 아무것도 먹고 싶지 않다며 거실 소파에
쓰러지듯 누웠다. 텔레비전도 켜지 않았고 음악도 틀지 않
았다. 실내는 고요했다.

추운 밤이었다. 난로 위 주전자가 김을 내뿜고 있었다.
문득 공복감이 밀려왔다. 나는 나를 위해 주방에서 컵라
면을 가져와 주전자의 뜨거운 물을 부었다.

"이제 며칠이나 살 수 있을까?" 그가 불쑥 침묵을 깨고
말했다. 소파에 쓰러져 누운 자세 그대로였다. "…더 이상
손쓸 방법도 없어."

나는 아무 말도 하지 않았다. 말없이 눈을 내리깔고 김
이 모락모락 나는 컵라면을 먹었다. 이 사람은 곧 죽는구
나, 이제는 구할 방법이 없구나, 이런 생각을 하니 미칠 것
같았다. 젓가락을 놓고 콧물을 훌쩍이며 그에게 손을 뻗었
다. 그러고는 가만히, 그의 어깨와 팔을 오래 쓰다듬었다.

지금도 가끔 그때 생각이 난다. 아무리 그래도 그렇지, 그땐 좀 너무했다 싶다. 보통은 그럴 때 컵라면 같은 걸 먹진 않을 텐데. 울면서, 절망하면서, 소리 내 면발을 후룩대지는 않을 텐데.

가을 기운이 짙어지기 시작했다. 마당에는 엉겅퀴 꽃이 무리 지어 피었고, 동글동글한 말벌과 작은 박새가 꿀을 먹으러 찾아든다. 먼 나무에서, 기름매미 한 마리가 조금은 쓸쓸히 울고 있다.

금목서

금목서 꽃이 필 계절이 다가온 때문일까. 작가가 되기 전, 젊고 건강했을 때의 그가 떠오른다.

37년 전, 동거를 시작하고 얼마 되지 않았을 무렵, 어느 날 아침 그가 쑥스러운 기색으로 이런 말을 꺼냈다. "내가 쓴 소설이 있는데, 한번 읽어 보고 솔직한 감상평을 들려주면 좋겠어."

파리에 머물 때 써 둔 짧은 소설이 있다는 이야기는 들었다. 그 무렵의 그는, 잡지사 몇 곳에 에세이를 기고하기는 했지만 소설을 발표한 적은 없었다. 나도 신인인 건 마찬가지였다. 그래도 글을 안 쓰는 사람보다는 조금 낫지 않을까 하는 생각에 그러겠다고 했다.

그는 내가 다 읽고 소감을 말해 주기 전까지 다른 곳에서 기다리겠다고 했다. 원래부터가 장난스러운 '상황극' 같은 걸 좋아하던 남자였다. 시간을 정해 근처 호텔 커피숍에서 만나기로 했다.

원고지 서른 매 정도 되는 짧은 작품이었다. 집에서 자세를 단정히 하고 그의 작품을 읽었다. 그리고 서둘러 약속 장소로 갔다. 커피를 앞에 두고 기다리던 그는, 나를 보자마자 어색한 미소를 지었다. 긴장한 모습이 역력해 웃음이 날 것 같았다.

"정말 좋던데?" 하고 나는 말했다. 그 이유도 말했다. 듣기 좋으라고 한 말이 아니라 솔직한 감상이었다. 질투심이 생길 만큼 대단한 작품이거나, 너무 엉망이라 어처구니없는 작품이면 어쩌지 싶었는데, 둘 다 아니어서 기뻤다. 그 말도 숨기지 않고 전했다.

그는 진심으로 안도한 모습이었다. 우리는 천장이 높고 환한 커피숍에서 커피와 케이크를 먹었다. 그리고 각자 앞으로 쓰고 싶은 소설에 대해 이야기했다. 집에서도 얼마든지 이야기할 수 있었을 텐데, 일부러 밖에서 약속을 잡아, 신인 작가와 편집자라도 되는 양 만났다는 게 신선하고 재밌었다.

호텔을 나서자 가을 오후의 낮아진 햇살이 주변을 가득 채우고 있었다. 산책을 해야겠다는 마음이 들었고 그와 어깨를 나란히 한 채 천천히 걸었다. 어디선가 금목서 향기가 풍겨 왔다.

금목서는 주황색의 자그만 꽃을 피우는 나무라, 향기로는 알아도 나무가 어디에 있는지 곧바로 찾기는 어렵다. 그리 키가 큰 나무가 아니어서 주택의 담벼락이나 나무들 뒤쪽에 숨어 있을 때가 많다. 바람을 타고 흘러오는 달콤한 향이 순간적으로 콧속을 간지럽힐 뿐.

그날도 그랬다. 주변을 둘러봤지만 금목서는 찾지 못했고 달콤한 향기만 우리 뒤를 한참 따라왔다. 행복한 가을의 한때였다.

남편이 폐암 선고를 받기 2년 전, 가까운 대형 인테리어 매장에서 금목서 화분을 발견했다. 평균기온이 낮은 숲속에서는 키우기 어렵다는 걸 잘 알면서도 화분을 샀다. 마당에서 해가 제일 잘 드는 곳에 화분을 두었고 겨울이 되면 실내로 옮겨 정성스레 보살폈다.

조그만 금목서는 한 번도 꽃을 피워 보지 못한 채, 남편이 죽고 난 뒤 화분 안에서 조용히 말라 죽고 말았다.

각자의 슬픔

상실의 형태는 백이면 백 전부 다르다. 상대와의 관계, 둘 사이에 흐르던 시간, 슬픔의 양상까지 무엇 하나 같은 것이라고는 없다. 상실은 지극히 개인적인 체험이다. 다른 누구와 진정으로 그 감정을 공유하기란 불가능하다.

남편을 보낸 뒤 줄곧 그렇게 스스로를 타일러 왔다. 그로 인해 생겨난 고독은 너무 컸고, 코로나로 인한 거리 두기와 시기가 겹치게 되자 생각보다 훨씬 더 힘들었다. 그러나 아이처럼 발을 구르며 분해 해도, 엉엉 소리 내 울어도 죽은 사람은 돌아오지 않는다. 지나간 시간도 돌아올 리 없다. 어쩔 도리가 없는 일이다.

남편이 죽고 20여 일 후, 부부 동반으로 오랫동안 교류해 온 M 씨의 아내가 갑자기 세상을 떠났다. 암이었다. 병을 알게 됐을 때는 이미 늦어 버린 뒤였고, 그녀는 집에서 남편과 가족들의 보살핌 속에 숨을 거뒀다.

작년 10월, M 씨 부부와 길에서 마주친 적이 있다. 태풍이 지나간 뒤의 무척이나 맑은 날 오후였다. 그들에게 남편의 병을 밝히지 않았기 때문에 그날 우리는 아주 일상적인 잡담을 나누다 헤어졌다. 그로부터 4개월도 지나지 않았는데, 네 사람 중 두 사람이 잇달아 세상을 떠났다는 것이 지금도 믿어지지 않는다.

M 씨는 방송을 보고 남편의 죽음을 알았다고 했다. 죽음의 밑바닥으로 가라앉아 가던 아내에게도 그 사실을 알렸다. 소식을 들은 아내의 한마디는 "마리코 씨가 걱정이네"였다.

아내의 죽음을 알리는 M 씨의 편지에 적혀 있던 내용이었다. 편지를 읽고 정신을 못 차릴 정도로 울었다.

M 씨 부부는 1940년대 말에 태어난 단카이 세대(제2차 세계대전 이후 출생한 베이비 부머-옮긴이)다. 숲을 거닐며 나무와 꽃, 작은 야생동물을 관찰하는 시간을 각별히 사랑하던 이들이었다. 남편이 정년퇴직을 하자 그때까지 살던 집은 그대로 두고 지금 내가 살고 있는 마을에 집을 빌렸다. 그리고 대부분의 시간을 이곳에서 함께 보냈다. 내가 아는 한, 부부 사이가 좋기로는 달리 유례가 없을 정도였다. 두 사람은 결코 떨어지지 않는 원앙 한 쌍처럼 언제 어디서나 늘 함께였다.

M 씨는 훗날 전화로 죽은 아내 이야기를 하며 참았던 울음을 자주 터트렸다. "아들과 며느리 앞에서는 절대 울지 않아요. 그런데 혼자 있으면 소리 내며 울게 돼요. 언제까지 이 슬픔과 함께 살아가야 하는 걸까요"라면서 흐느꼈다.

사별을 경험한 직후의 비슷한 처지였기에 눈물의 이유
도, 몸의 절반을 잡아 뜯긴 것 같은 고통도, 아무 설명 없
이 이해할 수 있었다.

요즘 M 씨는 매일 카메라를 들고 아내와 다녔던 숲과
계곡으로 산책을 나간다. 보금자리가 있을 것 같은 나무
구멍을 찾아 날다람쥐가 얼굴을 내미는 순간을 찍으며 즐
거운 시간을 보냈다던 부부였다.

깊어진 가을 숲, 축축하고 어두운 나무 구멍 속 날다람
쥐는 이제 없을지도 모르겠다. 날다람쥐는 없더라도, M 씨
가 아내와 보내 온 긴 시간들이, 바로 그 자리에서 다정한
소리를 내며 끊임없이 흐르고 있을 것 같다.

Without You

초등학교 1학년 때 아버지가 피아노를 사 주셨다. 여자아이에게는 피아노를, 남자아이에게는 바이올린을 가르치는 게 유행하던 시대였다.

곧바로 피아노를 배우러 다녔다. 손가락이 조금씩 움직이기 시작했고, 지금으로서는 믿기지 않지만 초등학생 때의 나는 피아니스트가 되겠다는 꿈을 꾸던 아이였다.

그러나 중학교, 고등학교에 진학하면서 심경에 커다란 변화가 생겼다. 책을 읽고, 시와 산문을 쓰는 것이 피아노보다 더 재밌어졌다. 밖으로는 전국 대학에 투쟁의 불씨가 퍼져 나갔고 정치의 격변기로 돌입하고 있었다.

도쿄의 대학으로 진학하면서 센다이의 부모님 집을 떠나 다다미 넉 장 반(약 2.25평-옮긴이)짜리 방에서 원룸 생활을 시작했다. 그러다 보니 피아노와 무관한 생활을 하며 지내게 됐다.

하지만 시간은 흐르고 흘러, 나도 모르는 사이에 과거의 그때로 돌아가기도 한다. 50대도 이미 중반을 지났을 무렵, 100년 전 프랑스에서 만들었다는 그랜드피아노와 묘한 인연으로 만났다. 이제 와서? 물론 그 생각도 하긴 했다. 그러나 피아노가 있는 생활을 다시 하고 싶다는 마음이 더 컸다. 그랜드피아노의 아름다움에 첫눈에 반해 버렸고, 별 망설임 없이 주인인 피아니스트에게 그 피아노를 구입했다.

내 마음대로 움직여 주지 않는 손가락에 깜짝 놀라면서도 어린 시절을 떠올리며 당시의 악보를 구했다. 버벅댔지만 연습은 즐거웠고 그때마다 시간이 어떻게 지나가는지 몰랐다.

남편은 어렸을 때 바이올린 말고 플루트를 배웠다. 기타도 칠 줄 알고 노래도 잘 부르고 음악에 조예도 깊은 편이었으나 제대로 된 피아노를 치는 건 그때가 처음이었다. 손가락은 이미 굳었고 악보도 못 읽었으니 처음에는 그저 건반을 두드리는 수준이었다. 그런데도 약간의 재능이 있었던 건지, 어느새가 코드(화음)를 구사하며 자기 스타일로 멜로디 라인을 연주할 수 있게 됐다.

그는 추억의 팝송이나 가요, 샹송 등 우리가 사춘기를 보내던 때 유행하던 곡들만 주로 연주했다. 반주 스타일로 피아노를 치면서 나나 편집자에게 노래를 청하기도 했고 본인이 부르기도 했다. 그는 피아노를 치는 게 이렇게 즐거울 줄 몰랐다며 감탄했다. 내게 생애 최고의 쇼핑을 했다며 너스레를 떨기도 했다.

작년 말, 주방에서 저녁 준비를 하는데 그가 오랜만에

피아노를 치려는 것 같았다. 재발을 알게 된 뒤로 거의 치지 않던 피아노였다. 순간 손을 멈추고 귀를 기울였다.

1971년 큰 인기를 얻었던 해리 닐슨의 명곡 'Without You'가, 힘이 사그라진 노랫소리와 함께 주방까지 들려왔다. 잘 칠 수 있다는 이유로 최근 몇 년 동안 그가 즐겨 치던 곡이다.

"너 없이는 살아갈 수 없어…"

본인이 잘 칠 수 있는 곡, 늘 치던 곡을 치며 노래했을 뿐인데 지나치게 잘 짜인 연극의 한 장면처럼 느껴졌다. 그의 노래와 피아노 연주를 들은 건 그날이 마지막이었다.

먼저 겪은 사람들

괴로움을 겪는 사람과 이야기를 나눌 때는 그 사람의 이야기를 '경청'하고 '공감'하는 것이 중요하다고 한다. 도중에 말을 끊고 자기 의견을 낸다거나 흔한 격려의 말을 해 봤자 역효과만 난다. 깊은 우울감에 사로잡힌 사람에게 무턱대고 힘내라고 한들, 그게 그리 간단한 일이 아니다.

예전의 나는 개를 더 좋아했고 고양이에 대해서는 잘 몰랐다. 그런 내 앞에서 절절한 슬픔을 토로하며 한참을 울었던 친구가 있다. 사랑하는 반려묘를 떠나보낸 지 얼마 안 된 친구였다. '고양이가 아니라 개였다면 좀 더 이해할 수 있었을 텐데⋯.' 이런 생각으로 안타까워하며 "얼른 힘을 내야지"라며 바보 같은 소리나 했다.

부모님 두 분 다 무탈하고 건강했을 때, 부모님 간병에 지쳐 괴로워하던 사람을 만난 적이 있다. 심각한 표정으로 그의 이야기에 공감을 표했으나, 실은 아무것도 제대로 이해하지 못했다.

사람의 마음은 얼마나 오만한가. 같은 경험을 하고 나서야 비로소, 그리고 제대로 이해할 수 있다. 때로는 그게 몇십 년 후의 일이 되기도 한다. 시간의 간격을 두고 겨우 알게 된 감정들. 그 감정에 허둥대면서도 먼저 겪어 낸 그들이 했던 말이 차례차례 떠오른다. 더 길게 살아 내고 있는 자들 사이에, 슬픔을 매개로 한 연대가 형성되는 순간이다.

그러나 '힘내'라는 종류의 말도 최선을 다해 애쓴 말임에 틀림없다. 그 말 안에 악의 같은 게 있을 리 없다. 어떻게든 격려하려 애쓴다는 것을 알기에 그 말을 듣는 사람도 고맙게 받아들이는 척을 하게 된다.

"요즘 어때? 이제는 안 울고, 괜찮아졌지?"라는 말을 자주 듣게 됐다. 남편이 죽고 얼마간 시간이 지났을 때부터였다. 전혀 좋아지지 않았다고 솔직하게 대답하면 "그러면 안 돼. 얼른 힘을 내야지"라며 격려의 말이 돌아온다. "계속 그렇게 힘들어 하면 후지타 씨가 슬퍼할 거야." 이런 말도 듣는다.

그러면 상냥하게 고개를 끄덕이다가 곧바로 화제를 바꾼다. 그런 대화를 계속하고 싶지는 않다. 말로 표현할 수 없는 감정을 이해해 주길 바라지만, 그러면 그럴수록 진정한 이해는 멀어지고 슬픔만 더 깊어진다는 걸 잘 알고 있다. 그러므로 아무 일도 없었던 것처럼 군다. 웃는 모습을 보이고, 재밌는 화제를 꺼낸다. 먼저 겪은 사람들도 다들 이렇게 살아왔겠구나, 새삼 생각하게 되는 요즘이다.

그러나 고양이에게만은 늘 마음을 털어놓는다. 잠들어 있는 그녀들을 깨워 뺨을 부비며 이야기한다. "작년 이맘

때, 태풍으로 닷새나 정전이 돼서 난리가 났었잖아? 랜턴을 켜고 어둠 속에 가만히 누워 그와 소설 이야기를 했었지. 그때까지만 해도 식욕이 왕성했었는데…. 그가 사라졌다는 게 믿기지가 않아. 어디 잠깐 외출한 것만 같아." 고양이들은 눈을 반쯤 감은 채 조금 귀찮다는 듯 그릉그릉 소리를 낸다.

기온이 떨어지며 숲이 점점 물들어 가기 시작한다. 매년 이때쯤이면 집필 틈틈이 마당에 나가 둘이서 낙엽을 쓸었다. 올해부터는 혼자서 그 일을 한다. 완연히 높아진 하늘에 부드러운 양털 구름이 펼쳐져 있다.

죽은 사람의 서재

도쿄에서 여기로 이사 온 지 30년이 된다. 지방 이주를 단행한 이유는 딱 하나밖에 없다. 도쿄의 좁은 아파트로는 두 사람의 책을 감당할 수 없게 됐기 때문이다. 새집에 가져간 책은 약 만 권 정도였다. 4톤 이사 트럭 대부분이 자료 가치가 있는 잡지와 책으로 가득 찼다.

이곳에 살며 처분과 기증을 반복했는데도, 새로 사들이는 양이 많다 보니 책은 다시 늘어나기만 했다. 각자의 서재에는 각자가 좋아하는 책, 집필 중 참고 자료로 필요한 책 중심으로 꽂았고, 그 외의 '공유 서적'은 서고에 넣어둔다는 식의 규칙도 자연스레 생겨났다.

남편이 떠난 뒤에도 본채 바로 옆에 있는 그의 작업실 공간은 손 하나 대지 않고 그대로 두었다. 그곳에는 월초에 한 번 들어간다. 방 안에 있는 달력을 넘기고 뭔가 달라진 게 없는지 확인한다. 화장실과 개수대의 물을 틀어 보고 눈에 띄는 먼지가 있으면 훔친다. 날이 좋을 때는 창을 조금 열어 환기를 한다. 그 정도 일을 하는 데 10분도 채 걸리지 않는다.

곧바로 몸을 돌리면 될 일이다. 몇 걸음 거리인 본채로 돌아가면 끝나는 일이다. 쓸데없는 생각은 말고 빨리 그곳에서 나오는 게 좋다. 그건 나도 잘 안다. 그런데 발길이 돌려지지 않고, 침묵으로 가득한 남편의 작업실을 나도 몰래 서성이고 만다.

아무리 달력을 넘겨 새달의 페이지로 바꿔 본들, 이곳의 시간은 이미 멈췄구나, 그런 생각이 든다. 남편이 좋아했던 곳, 가장 오래 머물렀던 그 공간이 꽁꽁 언 고드름에 갇혀 그리운 옛 모습 그대로 거기 있을 뿐이다.

침묵 속에서, 책장에 꽂힌 책등을 하염없이 바라본다. 엄청나게 많은 책들이지만 그 책 대부분에 아련한 기억이 남아 있다. 고서점을 돌며 찾아낸 책들, 출판사와 친한 작가 들이 보내 준 책들, 시부야의 파르코 북센터와 도쿄역 앞의 야에스 북센터에서 산 책들, 그가 내 서재에서 가져 갔다가 돌려주는 걸 잊고 그대로 자기 책장에 꽂아 둔 책 들…….

서재 책상 위에는 컴퓨터 모니터 몇 대와 자잘한 문구 류, 취재 여행에서 샀던 소품들, 무언가의 기념품들, 고양이들의 사진, 아무 일정도 적혀 있지 않은 올해의 달력이 있다. 그리고 벽 한 면이 책으로 가득 차 있다. 마치 비행기 조종실 같은 느낌을 주는 방이다.

생을 다하기 일주일 전, 보슬비가 내리는 추운 날이었지만 그는 어떻게 해서든 자기 작업실에 가 보고 싶다고 했다. 그러나 아무리 바로 옆, 몇 걸음 거리라 해도 작업실 왕복에는 다른 사람의 도움이 필요했다. 그가 거의 걸을 수 없게 됐기 때문이다.

동네에서 친하게 지내던, 가전제품 대리점 사장님이 달려와 주었다. 남편은 사장님 등에 업혀 비행기 조종실 같은 서재가 있는 작업실에 작별 인사를 하러 갔다. "오늘이 마지막이겠구나." 그는 사장님 등에 업혀 중얼거렸고, 우리의 눈물에는 아랑곳없이, 마지막 소원이 이뤄지기라도 한 듯 꽤나 만족스러운 얼굴이었다.

꿀 같은 기억

엄마에게 아버지의 죽음을 알리던 때 생각이 난다. 내가 가져간 긴쓰바(팥소에 밀가루 반죽을 얇게 씌워 구운 과자-옮긴이)를 게걸스레 먹던 엄마는 "어머, 그러니? 왜 그리 빨리 갔다니?"라고 한마디 했을 뿐이다. 아무렇지도 않다는 말투였다.

엄마는 치매를 앓고 있었다. 증상이 심해지자 아버지와 같은 요양 시설로 들어갔고 각자 다른 병실에서 생활했다. 아버지가 돌아가시기 1년 전쯤 일이다.

엄마는 이것도 잊고 저것도 잊었다. 그러나 아버지가 바람을 피웠다는 기억만은 선명히 남아 있는 모양이었다. 휠체어를 탄 아버지와 복도 같은 데서 마주치기라도 하면 엄마의 기분은 급격히 나빠졌다. 때로는 괜히 더 수선을 떨며 아버지의 벗어진 머리를 콩콩 쥐어박기도 했다. 그때마다 여동생과 이런 말을 했다. "엄마는 아버지를 진짜 좋아했나 봐." "사랑받고 싶었던 거지. 아버지한테."

아버지가 돌아가신 날, 엄마는 유족석에 앉아 투덜대기 시작했다. 동생이 빌려준 상복이 너무 작아 답답하다는 거였다. 주지 스님의 독경이 너무 길다, 집에 가고 싶다며 떼를 쓰는 통에 난처하기도 했다. 관에 누운 아버지와 마지막 인사를 나눴으면 했으나 그것도 못 하고 끝나고 말았다.

엄마 병실에 갔다가 아버지 사진이 뒤집혀 있는 것을 몇 번인가 봤다. 아버지가 돌아가시고 엄마 병실 서랍장 위에 올려 둔 사진이었다. 이유를 묻는 내게 엄마는 "이상하네. 왜 그럴까?"라며 시치미를 뗐다.

엄마는 아버지의 죽음을 어떤 식으로 받아들였을까? 그건 나도 잘 모르겠다. 아버지가 죽었다는 사실, 이제 여기 없다는 사실이 어느 정도나 엄마의 감정을 흔들었을까? 어찌 되든 상관없는 일이었을까? 아니면 죽음 자체를 이해할 수 없게 돼 버렸던 걸까?

하지만 이것만은 말할 수 있다. 엄마의 뇌가 어떻게 됐든, 거기 새겨진 아버지의 기억들은 결코 사라지지 않았다. 행복도 불행도, 그 경계를 알 수 없을 만큼 녹아들어 찐득한 꿀처럼 엄마 안에 엉겨 붙어 있었을 것이다. 그런 기억이, 밀려왔다 밀려가는 파도처럼 엄마의 내부에서 살아났다가 사라지길 반복하고 있었을 것이다.

엄마와 아버지는 65년 동안 결혼 생활을 했다. 그 세월에는 도저히 미치지 못하지만, 37년간 부부로 산 남편과의 기억이 영화의 한 장면 혹은 한 컷처럼 매일매일 재생된다. 우연히 보게 된 것, 듣게 된 말이나 소리를 계기로, 시간 순서도 뒤죽박죽, 좋은 것도 나쁜 것도 그저 막연히, 고였다

넘치는 물처럼 되살아난다. 그러면 나는 그 속에서 헤엄을 친다.

언제였던가, 의사인 친구가 재밌는 말을 했다. 남편이 죽고, 내 어딘가에 '마리코 극장'이 문을 연 것 아니냐며. 관객도 마리코 혼자, 무대 위 연기자도 마리코 혼자. 매일 마리코가 무대에 올라 어떤 날의 기억을 재현시키면 관객석의 마리코가 그것을 보며 때로는 울고, 때로는 웃고, 때로는 화를 내고, 그러고 있는 것 아니냐며. 질려서 그만두고 싶을 때까지 계속해도 된다고 했다.

며칠 전 남편의 겨울옷 중에서 내가 입어도 될 만한 카디건과 스웨터를 찾았다. 냄새를 맡아 봤다. 마리코 극장에서는 냄새도 재현되는 모양이었다. 약간 시큼한 남편의 냄새가 났다.

미
시
마

유
키
오
와

다
자
이

오
사
무

동서고금을 막론하고, 많든 적든 소설에는 연애가 등장한다. 연애 요소가 하나도 없는 작품을 찾기란 쉽지 않다. 우리 부부도 세월이 흐르며 작풍이 조금씩 변해 갔고, 문득 돌아보니 둘 다 '연애소설'이라 불리는 장르를 주로 쓰는 작가가 되어 있었다.

연애를 묘사하다 보면 에로틱한 장면도 당연히 쓰게 된다. 서로의 작품을 읽고 질투한 적 없느냐는 시시한 질문을 진지하게 받은 적도 여러 번 있다.

배우 부부가 영화, 드라마 속 배우자의 러브신에 일일이 질투하지 않듯 우리도 마찬가지다. 서로가 쓴 성애 장면 혹은 연애 심리를 걸고넘어지며, 흔히들 말하는 시기나 질투, 의심으로 서로를 대한 적은 한 번도 없다. '쓴다'는 일의 괴로움, '쓴다'는 행위에 임하는 진지한 자세를 아는 동료 사이이기에 당연한 일이다.

우리는 동거를 시작하며, 각자 가지고 있던 책들을 모아 서재 책장에 작가별로 정리했다. 둘 다 미시마 유키오(1925~1970, 대표작으로 《금각사》〈우국〉 등이 있다−옮긴이)를 좋아했지만 다 꺼내 놓고 보니 중복되는 책이 한 권도 없다는 게 더 놀라웠다. 미시마 유키오를 탐독하면서도 둘의 취향이 미묘하게 달랐던 모양이다. 덕분에 꽤 많은 미시마 유키오의 작품을 소장할 수 있었다. 나중에 전집을 손에 넣기 전까지는, 각자가 가져온 미시마의 책들이 우리의 조촐한 '미시마 유키오 전집'이었다.

미시마 유키오가 스스로 목숨을 끊고 50년의 세월이 흘렀다. 50년 전의 나는 센다이에서 고등학교를 다니는 3학년 학생이었다. 봄처럼 포근했던 11월의 어느 맑은 날. 늦잠을 잔 김에 학교를 빼먹기로 한 나는, 해가 잘 드는 거실의 고타쓰(낮은 테이블 아래 히터를 설치하고 이불을 덮어 만든 난방 기구-옮긴이)에 들어가 엄마와 텔레비전을 보고 있었다. 사망 소식을 처음 접했을 때의 충격은 지금도 잊을 수 없다. 고타쓰 위에는 귤이 담긴 바구니가 있었고, 그 위로 늦가을의 햇살이 길게 드리워져 있었다.

남편과 미시마 유키오에 대한 이야기를 종종 나눴다. 그의 소설이나 평론, 미시마 유키오라는 작가에 대해 이야기할 때만은 그와 나 사이에 의견 차이가 없었다. 하나부터 열까지 뜻이 잘 맞아 논쟁으로 번지는 일도 없었다.

그러나 병을 얻고부터 남편은 미시마 유키오보다 다자이 오사무(1909~1948, 대표작으로 《인간 실격》〈달려라 메로스〉 등이 있다-옮긴이)에 대해 이야기하는 것을 더 좋아하게 됐다. 미시마 유키오가 다자이 오사무를 싫어했다는 것은 유명한 이야기지만 그에게는 그게 별로 중요하지 않았을 것이다. 형태는 달라도 두 사람 모두 끊임없이 죽음에 대해 썼던 작가들이었으니까. 죽음에 가까워지자 그는, 행동하는 것을 미덕으로 삼던 미시마 유키오보다, 어둠 속을 하루살이처럼 살았던 다자이 오사무의 심정에 더 깊이 공감하게 된 건지도 모른다.

어제는 날씨가 좋아서 차로 40분 정도 떨어진 곳까지 나갔다. 거대한 은행나무가 있는 사찰 산책도 했다. 레몬색으로 멋지게 물든 은행나무가 구름 한 점 없는 푸른 하늘로 우뚝 솟아 있었다. 돌아오는 길에 화과자 가게에 들러 기미시구레(흰 앙금에 계란 노른자와 설탕을 넣어 동그랗게 빚어 쪄 낸 과자-옮긴이)를 몇 개 사서는 쓰키미단고(음력 8월 15일과 9월 13일 밤, 달맞이 때 먹는 경단-옮긴이) 대신 남편의 제단에 올렸다. 그중 하나를 먹으며 창 너머 뜬 아름다운 보름달을 바라봤다. 늦가을의 밤하늘은 하염없이 높았고, 멀리 조그맣게, 달에 산다는 토끼도 보였다.

꿈의 계시

젊었을 때부터 여러 번 반복해 꾸는 꿈이 있다. 널찍하고 오래된 전통 료칸. 검게 윤이 나는 좁은 복도가 눈앞으로 끝없이 이어져 있다. 중간중간 가파른 계단이 몇 번 나오는데 계단 부분의 천장이 무서울 정도로 낮아 머리를 부딪힐 것만 같다.

복도의 양옆으로는 장지문으로 칸막이를 한 다다미방이 무수히 연결되어 있다. 각 방마다 '손님'이 묵고 있는 것 같긴 한데, 소곤대는 말소리나 옷가지가 부스럭대는 소리만 들릴 뿐 모습은 보이지 않는다. 미궁 같은 어두컴컴한 공간을, 이렇다 할 공포나 불안도 없이, 무언가의 목적을 가지고 앞으로, 앞으로 끊임없이 걸어가는 그런 꿈이다.

프로이트적인 관점에서 보자면, 반복되는 꿈은 내 내면의 어떤 고유한 상징 같은 것일 수도 있다. 잠을 깨면 언제나 '또 같은 꿈이네. 이건 대체 무슨 뜻일까?' 신기한 생각도 들지만 일반적인 해몽을 해 봤자 지루할 뿐이라 남들에게 별로 말해 본 적은 없다.

남편은 죽음을 선고받는 꿈을 세 번 꾼 적이 있다. 남편이 건강했을 때, 그러니까 아마 50대 끝자락부터였을 텐데, '너는 73세에 죽는다'는 '계시'를 꿈속에서 받았다고 했다. 나와는 달리, 원래부터가 꿈을 잘 기억하지 못하는 사람인지라 앞뒤 맥락은 불분명했지만 계시의 내용만큼은 세 번 다 똑같았다. 이후 그는 자신이 73세에 죽을 거라고 단정 지어 말했고 그 정도가 딱 좋다며 호언장담했다.

아무리 꿈이라지만 세 번이나 같은 꿈을 꿨고, 그때마다 수명이 73세까지라는 예언을 들었으니 조금은 불안한 마음도 있었다. 한 귀로 듣고 웃어넘기면서도 내심 신경이 쓰이기는 했다. 그렇지만 근거도 뭣도 없는 그저 꿈일 뿐이다. 연연할 이유도 없고 그러다 어느새 잊어버리고 살았다.

68세가 된 남편에게 말기 암이 발견됐을 때, 문득 그 꿈 생각이 났다. 적어도 73세까지는 무조건 괜찮을 거라고 생각했다. 아직 5년이 남았다고 믿었다.

원래 그는 영적인 것, 초자연적인 것에 둔감한 사람이었다. 여행을 가서 귀신이 나올 것 같은 곳에 묵어도, 쉽게 잠들지 못하는 나는 내버려 두고 코를 골며 잘만 자던 사람이었다. 내가 좋아해서 자주 읽고, 가끔 쓰기도 하는 기담이나 환상소설에도 전혀 흥미가 없던 사람이었다.

그런 그였으니, 같은 꿈을 세 번 꿨다고 무슨 소용이 있었을까. 70세 생일을 맞이하지 못하고 생명이 꺼져 버린 그의 고요한 얼굴을 봤을 때, 그 사실을 확실히 알게 됐다.

숲은 지금 낙엽으로 뒤덮여 있다. 바람을 타고, 황금빛 낙엽송 이파리가 덧없는 싸락눈처럼 하염없이 쏟아지고 있다.

끝없이 이어진 복도의 끝, 다다미방 미닫이가 드르륵 열리고 건강한 남편이 내 눈앞에 나타나 '배고프다. 밥 먹자'라고 말해 주는, 그런 꿈을 꾸고 싶다. 하릴없는 몽상에 잠기며, 나는 쓸어도 쓸어도 떨어져 쌓이는 마른 낙엽 냄새를 맡고 있다.

상실이라는 이름의 막

코로나 바이러스 감염자가 급증하는 가운데 며칠 전 당일 치기로 도쿄에 다녀왔다. 한 달 만이었다. 맑고 쾌청한 가을, 춥지도 덥지도 않은 아름다운 날이었고 사람들이 전부 마스크를 쓰고 있다는 것 이외에 표면상으로 달라진 점은 찾아볼 수 없었다. 가게도 건물도 오가는 사람들도 이전과 다를 바 없었다.

그런데 익숙한 거리, 몇 번이나 오갔던 장소임에도 눈에 보이는 모든 것들에 투명하고 얇은 막이 덮여 있는 것처럼 느껴졌다. 얼굴의 절반 이상을 덮고 있는 마스크와 그 막이, 나와 세상 사이를 영원히 갈라놓고 있다는 묘한 위화감….

체념과는 달랐다. 슬픔도 분노도 아니었다. 가식적인 밝음에 대한 답답함과도 달랐다. 어딘가 절망과 닮아 있긴 했지만 본래 절망이 의미하는 바와도 조금은 달랐다.

그 위화감을 뭐라 표현하면 좋을까. 굳이 말하자면 무력감을 동반한 상실의 감각이라 할 수 있을까.

죽은 남편도 그렇고 나도 그렇고, 컴퓨터와 휴대전화는 초창기부터 능숙하게 써 왔다. 원고는 컴퓨터로 작성했고 메일로 첨부해 편집부에 보냈다. 그러나 둘 다 SNS에는 손을 대지 않았다. 트위터도 블로그도 페이스북도 인스타그

램도 해 본 적이 없다. 흥미가 없다거나 귀찮다기보다는 자기표현과 자기분석을 생업의 차원에서 일상적으로 해 왔기에 필요성이 느껴지지 않았다. 유일하게 라인만큼은 남편과 연락을 주고받는 용도로 괜찮겠다 싶기도 했으나 그가 '문자로 충분하다'고 해서 그것도 그렇게 끝이 났다.

타자가 발신하는 내용에 이상한 관심을 품게 된 건 남편이 말기 암을 선고받았을 때부터였다. 틈만 나면 모르는 사람들의 트위터나 블로그를 미친 듯이 검색했다. 나처럼 폐암에 걸린 남편의 간병에 매달리는 여자, 같은 약으로 치료 중인 남자의 블로그나 트위터를 발견하면 매일같이 들여다보며 일희일비했다.

남편이 죽고 난 뒤로는, 늦은 밤 침대에 들어가 스마트폰을 쥐고 트위터에 '사별, 남편' '사별, 코로나' 등을 검색했다. 어디 사는 누군지도 모르는 사람들의 고독한 외침을 따라가다 보면 쓸쓸한 안도감이 밀려들었다. 그러는 사이 잠이 몰려왔고 손에 쥔 스마트폰이 바닥에 떨어지는 소리에 잠을 깬 적도 여러 번 있었다.

상실이라는 이름의 막은 언젠가 분명 돌비늘(규산염 광물의 일종. 얇은 조각으로 떨어지는 성질이 있다–옮긴이)처럼 얇게 벗겨져 떨어져 나갈 것이다. 역병은 영원히 이어지지 않는다. 반드시 끝이 난다. 그것은 역사가 증명하고 있다. 마찬가지로 사별한 자와 세상을 가로막는 막도 언젠가는 사라질 때가 오리라.

눈부시게 맑은 가을날이 이어지고 있다. 어젯밤도 하늘에 별이 가득했다. 나무들은 잎을 거의 떨어트렸고 그만큼 하늘의 면적은 더 넓어졌다. 별이 깜빡이는 소리를 구별할 수 있을 정도로, 세상은 몹시 고요했다.

봄
바
람

아버지는 나를 '봄바람 같은 아이'라고 자주 말했다. 봄에 불어오는 바람처럼 온화한 아이, 부모에게 기대지 않고 뭐든 혼자 해내는 아이, 이렇다 할 문제를 일으키지 않는 아이, 그야말로 키우기 쉬운 아이라는 의미였다.

고교 시절 반전 시위에 나서며 '학생운동'에 매달리자 아버지가 보인 분노와 낙담은 상당했다. 그러나 성인이 되고부터는 다시 '봄바람'으로 돌아갔던 것 같다. 봄바람이라는 비유는 부모 입장에서 자기 좋을 대로 해석한 것에 불과하지만 내가 손이 많이 가지 않는 아이였다는 것만은 사실이었다.

소프트아이스크림이 먹고 싶은데 사 주지 않는다는 이유로, 도쿄역 다이마루 백화점 앞 도로에 대자로 드러누웠을 때 말고는 부모님 앞에서 대놓고 운 적이 없다. 나는 남에게 감정을 드러내고 터트리는 것이 불가능한 기질로 태어났다.

이런 내가, 마음에 스친 것은 무엇이든 말하고, 화도 슬픔도 불안도 초조함도 전부 공유할 수 있었던 사람이 남편이었다. 그도 마찬가지였다. 우리는 남들에게 말 못 할 시시하고 하찮은 것부터 소설 이야기, 이상적이며 철학적인 주제에 이르기까지 끝없이 이야기했고, 함께 웃었다.

그러다 감정이 격해져 대화가 싸움으로 번지면, 왜 이런 심리 상태에 빠진 것인지 일일이 서로를 분석했다. 그걸 계기로 또 다른 싸움이 시작되는 일도 잦았다.

투병 중 사소한 것에도 신경과민 상태였던 남편은 수시로 내 말꼬리를 잡았고, 자신의 절망을 짜증으로 바꿔 나를 향해 내동댕이쳤다. 나도 정신적으로 힘든데 너무한 것 아닌가 싶어 화가 치민 적도 한두 번이 아니다. 그때마다 그는 모든 걸 체념한 듯 말했다. "이제 곧 끝날 거야. 너도, 나도 다 해방되겠지."

순식간에 분노는 슬픔으로 돌아섰고, 그의 절망이 나의 절망과 겹쳐졌다. 밖에는 계절이 흐른다. 해가 지고 달이 뜬다. 동물들은 변함없이 살아간다. 그러나 당연하게 흘러갈 시간이 이곳에서는 사라졌다는 생각에 온몸에서 힘이 빠져나갔다.

파킨슨병을 앓아 걷지도, 손가락을 움직이지도, 말도 할 수 없게 된 아버지 앞에서는 '봄바람 같은 아이'를 계속 연기했다. 쇠약해져 가는 아버지에게 재밌는 이야기를 들려주고, 심한 빈혈로 차가워진 여윈 손을 잡아 주고, 어루만지고, 웃고, 어깨를 감싸 안으며 아버지와 나 사이에 남은 시간을 애달프게 사랑할 수 있었다.

그러나 남편 앞에서는 봄바람이 되지 못했다. 너무 많은 것을 공유했기 때문이리라. 그의 절망은 나의 절망이었고, 그의 죽음은 어떤 의미에서 내 지나간 시간의 죽음이기도 했다.

서재 소파에서 고양이가 깊은 잠에 빠져 있다. 작고 귀엽게 코 고는 소리가 들려온다. 창밖, 잎을 다 떨군 나뭇가지 끝에 어스름한 상현달이 떠 있다.

가상의 죽음, 현실의 죽음

코로나 관련 뉴스쇼 중간중간 화려한 광고가 끼어든다. 푸른 하늘을 배경으로 질주하는 자동차, 가족과 편안하게 머물 수 있는 아름다운 주택, 샴푸, 화장실 방향제, 고형 카레, 맥주, 청주, 건강을 위한 영양 보충제 등등….

광고의 세계에서는 아무 일도 일어나지 않았다. 그 세계에서는 사랑스러운 연예인, 잘생긴 배우가 최고의 미소를 보여 준다. 세상 누구도 상상치 못한 역병의 습격. 위중증 환자와 사망자가 매일같이 속출하고 수많은 사람이 감염된 지금 이 현실은, 광고 속 희망찬 일상의 풍경과 영원의 시간만큼 괴리되어 있다.

광고가 끝나고 다시 뉴스로 돌아오면 공포의 실제 모습이 숫자와 영상으로 끝없이 송출된다. 의료 종사자, 전문가 들이 침통한 표정으로 나라의 미래를 경고한다. 거리 모습도 중계된다. 여전히 거리는 사람으로 가득하고, 모든 사람이 마스크를 쓰고 있다는 것 외에 특별히 달라진 점은 없다.

도대체 뭐가 진짜 현실인지 알 수 없게 되어 버렸다. 아이러니하게도, 죽음이 이렇게 가까이에 있는데, 시대가 죽음을 은폐하고 있다. 경험하지 못한 자에게 죽음이란 가상의 것에 불과하다.

숲에는 무수히 많은 야생동물이 살고 있다. 그들의 죽음은 현실의 죽음이다. 사람에게 길러지는 동물과 달리, 병이 들고 상처를 입어도 치료받는 일은 없다. 그들에게 죽음은 숙명이다. 사체는 즉각 다른 동물의 귀중한 먹이가 되고 생명은 순환한다.

숲을 산책하다가 쓰러진 나무 밑에서 일본원숭이의 사체를 발견한 적이 있다. 젊은 원숭이였다. 어떻게 할 수도 없어 그냥 두고 왔고, 일주일쯤 지나 다시 가 보니 갈색 털만 조금 나뒹굴 뿐 사체는 흔적도 없이 사라지고 없었다.

남은 생명을 의식하기 시작한 남편은, 매일 바깥 풍경을 바라보며 애달프게 그 시간을 즐겼다. 산새가 울면 귀 기울여 듣고, 계절 따라 피는 뜰의 풀꽃을 휴대전화로 찍으며 그 시간을 보냈다. 어디선가 홀씨가 날아와 주차장 콘크리트 틈에 꽃을 피운 작은 민들레마저 소중히 대했다.

그는 말했다. 이런 것들과의 이별이 제일 괴롭다고. 당연하듯 반복되는 계절, 멈춤 없이 흘러갈 시간, 우주의 아름다운 모든 법칙들. 그것들과 헤어져야 한다는 게 정말 괴롭다고.

며칠 전 상중 엽서(올해는 상을 당해 연하장을 보내지 않는다고 미리 알리는 엽서-옮긴이)를 보낼 주소를 정리했다. 작년 말에는 연하장을 거의 보내지 못했다. 일단 인쇄는 해 뒀으나 남편의 상태가 급속히 악화되면서 그대로 방치됐기 때문이다.

버리지 못했던 작년 연하장 속에서 '올해도 잘 부탁합니다'라고 적은 남편의 글씨를 발견했다. 뭔가 틀려 구겨 버린 연하장이었다. 마지막 연하장임을 알면서 그렇게 쓴 남편의 심정을 가늠해 본다. 체념과 받아들임. 숲 어딘가에서 생명이 꺼져 가는 야생동물의 그것과 비슷할지도 모르겠다.

수
난
과 열
정

예전에는 읽지 않던 종류의 책을 사들여 닥치는 대로 읽던 시기가 있었다. 남편의 병세가 극히 심각하다는 걸 알게 된 뒤부터였다. 반드시 겪게 될 사태를 대비해 마음의 준비를 해 두자 싶기도 했다. 그러나 사실 그건 겉으로 드러난 이유일 뿐, 무언가에 매달리고 싶은 마음, 더 이상 못 버티겠다는 심정에서였던 것이 더 컸다.

그런 종류의 책… 그러니까 '친밀한 사람의 죽음, 상실, 심리, 회복'에 대한 책은 시중에 허다하게 많았다. 전문가, 종교인, 심리 상담사, 경험자 등 다양한 입장의 사람들이 그에 대해 논하고 있었다. 조금이라도 도움이 되길 바라며 읽고 또 읽었지만, 안타깝게도 내게는 진부하게 정리한 이상론 정도로밖에는 느껴지지 않았다.

죽음에 임박한 백 명의 환자와 그 가족이 있다면, 그 안에는 백 개의 인생이 있고, 백 개의 인격이 있고, 백 개의 관계성이 있다. 어느 것 하나 같은 것이라고는 없다. 모든 죽음은 개별적인 것이다. 상실의 슬픔을 극복해 내기 위한 이상적이고 유일하고 절대적인 방법은 존재하지 않는다는 것. 그 사실을 새삼 깨닫게 됐다는 것만이 수확의 전부였다.

내가 남편을 잃었을 때와 비슷한 시기에 사랑하는 아내를 보내야 했던 M 씨가 얼마 전 이런 말을 했다.

"'심각했던 암이 사라졌다, 기적적으로 극복할 수 있었다'며 유명인이 건강한 얼굴로 텔레비전에 나올 때마다, 나도 모르게 심란해져서 눈을 돌리게 돼요. 미안한 말이지만, 그런 이야기는 보고 싶지도 않고 알고 싶지도 않아요."

더없이 솔직한 고백이었다. 나의 아내(남편)는 왜 당신처럼 되지 못했나. 왜 치료한 보람도 없이 떠나야 했을까. 이제 와서 한탄해 봐야 아무 소용없지만 그래도 한탄하게 된다. 같은 병을 앓는 사람의 호전이나 회복에 대해 진심으로 기뻐할 수가 없다. 때로는 불쾌함마저 느낀다. 그리고 그런 내게 진저리가 난다.

'수난'을 뜻하는 영어 단어 중에 'Passion(열정)'이라는 단어가 있다. 수난이란 본래 십자가에 묶여 책형에 처해진 그리스도의 고난을 뜻하는 단어로, 평소 우리가 쓰는 '열정, 격정'이라는 단어와 '수난'이라는 단어는 영어에서 그 어원이 같다.

꽤 오래전 이 사실을 알게 된 뒤로, 인생에서 겪는 수난을 뒤집어 보면 열정을 최대치로 쏟았다는 것과 같은 의미가 아닐까 생각하게 됐다. 열정은 때로 깊은 고뇌로 그 모습을 바꾼다. 반대도 마찬가지다. 수난과 열정은 이질적인 것 같으면서도 실은 뿌리에서 서로 분리하기 어려울 정도로 밀접하게 연결되어 있다.

　상실의 비탄이나 미칠 것 같은 절망 또한 치열한 Passion
이다. 남겨진 자의 고뇌는, 스스로는 미처 깨닫지 못하고
있을 '생명의 힘'과 등을 맞대고 있을 것이다.

　오늘 아침 첫눈이 내렸다. 산새들이 뜰에 남긴 작고 애
잔한 발자국 위로 겨울의 아침 햇살이 눈부시게 쏟아지고
있다.

설
녀

아득히 먼 옛날의 기억. 여동생이 태어나기도 전의 기억. 나는 네 살인가 다섯 살이었고 부모님과 셋이서 도쿄 외곽의 사택에서 살고 있었다.

그때는 도쿄에도 겨울이면 눈이 많이 왔다. 그날도 오후부터 본격적으로 눈이 쏟아졌다. 날이 저물고 아버지가 귀가할 무렵이 되자 10센티미터도 넘게 눈이 쌓였다.

작은 전철역에서 집까지는 어른 걸음으로 10분 정도 거리였다. 역 앞 상점가를 벗어나자마자 보리밭이 펼쳐지던 곳이라 시야를 가릴 만한 것도 거의 없던 동네였다.

역에서 집까지 오는 버스는 없었다. 옛날이었으니 역 앞에서 손님을 기다리는 택시도 없었다. 꼼짝없이 집까지 걸어야만 했다. 눈이 펑펑 쏟아지던 저녁, 엄마는 식사 준비를 하다 말고 초조하게 창밖을 내다보고는 했다. 평소보다 귀가가 늦어지는 아버지가 걱정되는 모양이었다.

머지않아 도착한 아버지는 현관에서 외투와 머리에 쌓인 눈을 털며 말했다. "큰일 날 뻔했어." 호흡이 몹시 흐트러져 있었다. "설녀雪女(흰옷을 입은 여자 귀신. 남자에게 차가운 숨을 불어 넣어 얼어 죽이는 무서운 귀신으로 옛날이야기에 자주 등장한다-옮긴이)를 봤어. 저쪽 보리밭 00부근에서…. 미친 듯 뛰어 도망쳐 왔어."

'저쪽 보리밭' 다음 말은 알아들을 수 없었다. 놀란 어머니가 숨을 삼키는 게 보였다. 내가 눈치채지 못하도록 신경을 썼지만 분명 둘 다 겁을 먹고 있었다.

아버지가 봤다는 건 무엇이었을까? 인적 없던 밤, 창백한 눈으로 뒤덮인 '저쪽 보리밭 00 부근'은 어디였을까? 비과학적인 것을 절대 믿지 않던 아버지가 미친 듯 도망쳐 왔다고 했다. 그토록 무서운 것을 봤다는 걸까?

물어보고 싶은 것은 산더미처럼 많았지만 어쩌다 보니 묻지 못했고 크면서는 잊고 살았다. 그런데 이제 와서 그 일이 생생하게 떠오른다. 쏟아지던 눈 속에서 아버지가 봤다는 설녀의 이미지가, 요 며칠 나를 계속 자극하고 있다.

내가 지금 사는 지역은 한랭지에 속한다. 눈은 쌓일 새도 없이 곧바로 얼어붙곤 한다. 달빛을 받으면 반짝반짝 빛나는 게 얼음 조각 같기도 하다.

눈은 소리를 흡수한다. 눈이 많이 내린 날은 숲의 정적이 한층 더 깊어진다. 주변으로 향기로운 박하차 냄새 같은 것도 떠돈다. 눈의 냄새다. 이곳에 살면서 처음으로 알게 된 것들이다.

눈 치우기는 원래 남편의 몫이었다. 가정용 소형 제설기도 마련했다. 눈이 쌓인 날 아침이면 남편은 활기차게 집

앞 도로의 눈을 치웠다. 적설량이 적을 때는 둘이서 눈삽으로 눈을 치우기도 했다.

작년 겨울, 무서운 속도로 쇠약해지기 시작한 남편을 대신해 눈 치우기는 내 몫이 됐다.

어느 날 밤, 가만히 있으면 미칠 것 같은 마음에 눈을 치운다는 핑계로 밖에 나갔다. 문득 정신 차려 보니 눈삽을 쥐고 눈밭에 선 내가 몸을 흔들며 오열하고 있었다. 쏟아지는 눈물이 영하의 찬바람에 휩쓸려 갔다.

그때의 나는 틀림없는 설녀였다.

애
정　표
현

연말에 남편의 고등학교, 대학교 후배라는 분이 남편의 제단에 올려 주길 바란다며 잭 대니얼스 위스키 작은 병을 보내왔다. 오래전 업무 관련 회식으로 둘이서 몇 번 그 술을 마셨다고 했다.

마음이 담긴 편지도 동봉되어 있었다. 그 편지를 읽자마자 순식간에 시간이 멈췄다. 과거와 현재가 소리 없이 뒤섞여 녹아들었고, 어느 쪽이 과거이고 어느 쪽이 현재인지 구별이 안 되는 느낌이었다.

예전에 술자리에서 남편이 이런 말을 했던 모양이다. 사고가 났고, 누군가 크게 다쳐 내장이 다 튀어나왔다면 너무 무섭고 두려워 손도 댈 수 없겠지만 만약 그게 아내라면 주저 없이 내 손으로 내장을 수습해 그녀 몸 안에 넣어 줄 거라고.

유별나게 수다스러운 남자였으니 세련된 애정 표현에도 능할 걸로 보였겠지만, 실제로는 달랐다. 마음이 앞서 조바심이 나면 거슬리는 말투로 신경을 긁었고 괜히 더 따지고 드는 면도 있었다. 진지하게 마음을 전해야 하는 상황이 되면 실없이 동물 흉내를 내거나 즉흥으로 개사한 노래를 부르며 유치한 장난을 치던 남자였다. 그걸 보면 어이가 없어 웃을 수밖에 없었다. 우리는 서로에게 그리 낭만적인 상대는 아니었다.

그러니 내장에 비유한 그의 말은 내 상상 밖의 것이었다. 내가 아는 남편이 입에 담았을 리 없는 말처럼 느껴졌다. 애정이 깊고 얕고, 그런 문제가 아니다. 도를 넘어선 강렬한 비유를 통해, 영혼의 밑바닥에 흐르는, 낯선 그의 무언가를 엿본 것 같은 기분이었다.

37년을 부부로 살았고, 끊임없이 글을 썼고, 같은 지평을 응시해 왔다. 때로는 다투고 때로는 험한 말도 했다. 순간적으로 머리에 스친 별것 아닌 생각을 상대의 입장은 배려하지 않고 거칠게 배설하며 살았다. 오만 가지 것들을 죄다 안다고 생각했는데, 그에 대해 모르는 것이 많았다는 사실을 이제야 깨닫는다. 죽음이 시간을 멈춘 듯 느껴지는 까닭은 영원히 알지 못할 것들을 남기기 때문일 것이다.

새해가 되고 얼마 지나지 않은 어느 날, 한쪽에 쌓아 둔 남편의 청바지가 우르르 무너졌다. 고양이들이 그 위를 뛰어다니다가 발톱에 걸려 바닥으로 쏟아진 모양이었다.

계기란 참 희한한 것이다. 유품 정리를 도무지 못 할 것 같던 내가, 어느새 주방에 가서 쓰레기봉투를 챙기고 있었다. 마음은 놀랄 정도로 평온했다. 쓰레기봉투 세 장에 남편의 청바지를 나눠 담고 그대로 차를 몰아 근처 쓰레기

분리 배출소로 옮겼다.

　날은 포근했고 겨울 오후의 가냘픈 햇살이 근방에 내리쬐고 있었다. 섣달그믐에 내려 단단하게 얼어붙은 눈이, 그 기운을 받아 반짝반짝 빛났다.

　그날 밤 청바지 자리 앞을 지나가던 고양이가 갑자기 걸음을 멈췄다. 아무것도 없는 공간을 가만히 올려다보며 잠시 꼼짝 않고 그 자리에 있었다. 티를 내지 않고 완곡한, 고양이다운 애정 표현이었다.

엄마의 손, 나의 손

코로나 시대, 산뜻하게 립스틱을 바른 입술을 보일 일이 없어도 여자들은 자신을 아름답게 가꾼다. 며칠 뒤 무슨 일이 일어날지 몰라도, 미래가 보이지 않는 불안 속에 살아도 그 사실에 변함은 없다.

스튜디오에서 촬영된 토크쇼를 보다가 여성 게스트의 손에 매료되어 눈을 뗄 수 없었다. 아름다운 여배우의 가늘고 긴 손가락. 윤이 나는 흰 피부. 우아하고 가느다란 반지를 낀 왼손이 풍부한 표정으로 움직인다. 행복한 웃음이 스튜디오를 가득 채운다. 웃음이 샘솟는 입가를 그 손이 우아하게 가린다. 곧바로 얼굴에서 멀어지는가 싶더니 다시 또 아름답게 움직인다.

우리 엄마도 손이 아름다운 사람이었다. 손가락은 가늘고 길었고 손톱 모양도 예뻤다. 복숭아색으로 늘 윤이 나서 매니큐어가 필요 없을 정도였다.

그 손으로 엄마는 나와 여동생을 안고, 기저귀를 갈고, 하루 종일 지치지도 않고 가족을 먹일 음식을 만들었다. 손이 곱아드는 추위 속에서 빨래를 하고, 장을 봐 오고, 강아지와 새에게 밥을 챙겨 주고, 취미로 작은 화단에 꽃을 키웠다.

늙은 엄마의 손은 부석부석 건조했다. 주름으로 쭈글쭈

글했고 혈관이 튀어나왔다. 손을 비빌 때마다 낙엽이 바스락대는 소리가 났다.

"옛날에는 말이지…" 엄마는 그렇게 운을 떼며 조금은 자랑스레 말하고는 했다. "섬섬옥수라고, 그런 말 많이 들었어."

치매가 심해진 엄마와 자주 손을 잡았다. 손을 붙들고 마음을 나눴다. 옛날부터 엄마는 손이 따뜻한 사람이었다. 그 따뜻함만은 세상을 떠나기 전까지 변함이 없었다.

몇 달 전 반지가 맞지 않게 됐다는 걸 알게 됐다. 엄마 같은 섬섬옥수는 아니었지만 못난 손은 아니었다. 그러나 나이가 들며 손가락 전체가 굵어졌고 마디가 울퉁불퉁해지는 바람에 반지가 들어가지 않게 됐다. 손이 이렇게 볼품없어졌다니, 깜짝 놀랐다.

남편이 투병 중일 때, 꾸미는 건 아예 뒷전이었다. 기본적인 것 말고는 생각이 미치지 않았다. 내가 살이 쪘는지 빠졌는지도 몰랐고, 흥미 자체도 없었고, 그의 병 상태가 심각해짐에 따라 꾸미는 일의 즐거움도 잃어버리고 말았다.

마지막을 향해 치닫던 날들, 남편의 손을 잡고 또 무수히 잡았다. 앙상해져 버린 차가운 손이었다. 혈중 산소 농도를 잴 때마다 '손끝이 차가워 정확한 수치가 나오지 않는다'는 말을 주치의에게 들어야 했던 손. 그때보다 더 차가워진 손을 매일 수시로 어루만졌다. 엄마를 닮아 손이 찰 때가 거의 없던 나는, 그의 손을 손바닥으로 감싸 쥐고 시간을 들여 따뜻하게 데웠다.

늙고 쇠약해져 가는 존재, 죽음을 향해 가는 존재의 손을 잡고 온기를 나눠 주던 나의 두 손. 바로 그 손으로 사랑하는 존재를 껴안고, 음식을 만들고, 자판을 두드리고, 코를 풀고, 눈물을 훔친다.

이 손이 여러 생명을 배웅했으며, 나의 생명을 지탱하고 있다는 것을 생각하면 신기하다. 사랑을 나눈 존재들이 서로의 손을 맞잡고 끝없이 연결되어, 우주의 은하를 떠다니는 모습이 훤히 그려진다.

고치에 틀어박히다

소설을 쓸 때 '집'은 중요한 모티브가 된다. 평범한 집, 으리으리한 저택, 쓰러져 가는 판잣집. 그러나 크기나 겉모습과는 상관없이 나에게 집이란 어릴 때부터 늘 '고치'였다. 무슨 일이 있어도 고치의 보호를 받으며 살아갈 수 있다는 엄청난 안도감과 편안함. 그걸 뛰어넘는 것이 있을까? 달리 생각나지 않는다.

성인이 되기 전까지 아버지의 전근으로 자주 이사를 다녀야 했고 다양한 집에서 살았다. 낯선 동네의 온기 없는 집에 이사해도 조금만 시간이 지나면 집은 고치로 변했다. 나는 고치에서 학교를 다녔고, 새로운 환경에서 친구를 사귄 뒤, 고치로 돌아왔다.

고치는 엄마의 상징과도 같았다. 엄마는 이사한 집을 순식간에 따뜻한 분위기로 바꿔 버리는 마술사였다. 어떤 집에 이사를 가도 마찬가지였다. 엄마는 길가에서 꺾어 온 꽃으로 현관과 거실을 장식했다. 빈말로라도 완성도가 높다고는 할 수 없었지만 레이스를 떠서 꽃병 받침을 만들었고, 바틱염색(밀랍 등으로 문양을 그린 뒤 염색하는 기법. 밀랍 부분에는 염료가 들지 않아 문양이 흰색으로 표현된다–옮긴이)을 한 가리개 커튼을 달았다. 우리가 음식물을 흘려 얼룩이 든 고타쓰 이불에는 엄마가 뜬 코바늘 패치워크 커버가 씌워

졌다. 차가운 비가 줄기차게 쏟아져도, 태풍이 몰아쳐도, 고치 속은 노란색 따뜻한 불빛으로 언제나 환하게 채워져 있었다.

남편은 야외 활동을 별로 좋아하지 않는 완벽한 '집돌이'였다. 젊었을 때부터 둘 다 집에 틀어박혀 있는 날이 더 많았다. 도쿄의 좁은 임대 아파트, 책으로 어수선하던 그 집도 우리에게는 훌륭한 고치였다.

이 숲에 들어온 뒤부터 우리 집은 점점 더 훌륭한 고치로 변해 갔다. 고치에 틀어박히는 일은 남편의 더없는 행복이었다. 정기적으로 밖에 나가 도시의 공기를 즐기기도 했지만 집에 돌아오면 곧바로 고치의 주인으로 돌아갔다. 틈만 나면 그는 고치를 치우고 정리했다. 매장에서 여러 틈새 수납 가구를 사 와서는 조립하며 즐거워했다.

어젯밤에 꿈을 꿨다. 남편의 작업실과 연결된 본채의 내선 전화가 시끄럽게 울려 대는 꿈이었다.

내선 전화가 울린다는 건 있을 수 없는 일이다. 그런데도 나는 놀라지도 않고 평소 하던 대로 본채의 수화기를 집어 들었다. 꿈속에서 남편은 죽지 않았고, 무언가의 이유로 길게 집을 비운 상황이었다.

그런데 작업실에서 걸려 온 내선 전화를 받는 게 너무

오랜만이라 조작 방법이 전혀 기억나지 않는다. 좀처럼 전화를 받을 수가 없어 당황스럽다. 한시라도 빨리 전화를 받아야 한다는 생각에 초조해 하며, 꿈속의 나는 필사적으로 버튼 조작을 반복한다.

잠을 깨고도 한동안은 멍했다. 저쪽의 고치에서 이쪽의 고치로, 남편이 진짜 전화를 건 것 같았기 때문이다.

세월은 빨라, 벌써 남편의 1주기다. 내가 사는 곳도 코로나 확산 지역이 되어 버렸고 1주기 법요 모임은 취소하기로 했다.

기
도

나는 비관적인 아이였다. 감수성이 예민하고 몸이 허약했던 탓도 있다. 가능한 냉정하게 최악의 사태를 상정해 두면, 만일의 경우가 와도 상처를 최소한으로 줄일 수 있다. '역시, 그럴 줄 알았어'라고 생각하는 것과 너무 놀라 허둥지둥 쩔쩔매는 것. 둘 중 어디로 튀느냐에 따라 그 뒤의 과정은 정말 다르다. 어린 마음으로도 그렇다는 걸 감지했고, 삶의 지침처럼 따랐다. 아마 어떤 종류의 자기방어였을 것이다.

예를 들어 숲 체험 교실에 참가해 풀이 무성한 산길을 일렬로 걷는데 '벌이 있으니 조심하라'는 말을 들었다면? 줄의 선두에 선 아이도 아니고, 맨 끝에 선 아이도 아니고, 벌에 쏘일 사람은 중간에서 걸어가는 나일 거라고 생각했다. 생각만으로도 서글퍼지는 불운, 최악의 상황을 생각해 두고 나면 설령 진짜 그렇게 되더라도 견딜 수 있었다. 나는 그런 생각을 하며 사는 아이였고, 어른이 되고서도 그 버릇을 버릴 수 없었다.

남편은 열대여섯 살 때부터 담배를 피우기 시작했다. 이후 66세에 폐기종(폐공기증)을 진단받고 마지못해 담배를 끊어야 했을 때까지, 꼬박꼬박 하루 세 갑씩 하이라이트(담배 상품명-옮긴이)를 피워 대던 골초였다.

그는 의사와 만나는 걸 꺼렸고 검진도 좀처럼 받으려 하지 않았다. 그것이 그의, 그 스스로가 완고하게 정해 놓은 삶의 방식이었다. 가장 가까이에 있던 나조차 그 안에 끼어들 여지는 없었다. '말기 암에 걸리면 아무것도 하지 않고 그냥 죽는 것. 그것이 내가 생각하는 이상적인 죽음'이라고 입버릇처럼 말했다.

그러니 갑자기 폐암 말기를 선고받았어도 의외라는 생각은 없었다. '그것 봐' '역시' '벌어질 일이 벌어진 거지' '어쩔 수 없지'라는 인식들. 그리고 희한하게도 그 인식들이 아슬아슬한 경계에서 우리를 구했다.

그런 때조차 어렸을 때부터 따라다니던 비관주의가 내 속에 그대로 있었다. 그러나 투병 기간 동안 남편은 완전히 변했다. 이상적인 죽음을 호언장담하던 그가 살고 싶다고 생각하기 시작했다. 그런 그를 보면서도 나는 선천적인 비관주의에 사로잡혀 있었다.

그럼에도 필사적으로 기도했다. 기도는 반드시 하늘에 닿는다는 말을, 솔직히 말해 믿지 못하는 나인데도, 기도를 멈출 수 없었다. 격하게 비관했으나 한 줌 희망에 매달렸다. 눈에 보이지 않는 무명의 신들에게 온종일 손을 모았고 가까이 오려는 저승사자를 숨 가쁘게 몰아냈다.

남편이 떠나고 네 계절이 지나는 중이다. 같은 계절이 다시 돌아올 때까지가 가장 괴로울 거라고 경험자들은 입을 모아 말했다. 그리고 지금 나는, 두 번째 겨울 속에 서 있다.

아침에는 진눈깨비가 추적거리더니 오후 들어 눈으로 바뀌었다. 촉촉해진 나뭇가지에 눈이 달라붙어 여기저기 조그만 얼음꽃들이 수없이 폈다. 눈이 쌓여 가는 고요한 숲이, 슈거파우더를 뿌린 커다란 케이크처럼 보였다.

추
모
회

남편은 글씨가 독특했다. 좋게 봐준다면 '못 쓰는데 매력 있는' 글씨. 누구든 한 번만 봐도 그의 필적임을 알 수 있는 글씨. 읽기 어려운 건 맞는데 그렇다고 뭘 썼는지 못 알아볼 정도는 아니다. 초등학생 같은 서툰 글씨가 작가의 유려한 이미지와는 전혀 조화가 안 되는 만큼, 어딘가 귀엽고 익살맞은 구석이 있다.

재작년 8월 말, 폐 쪽의 재발이 깊이 의심되던 무렵, 그는 자필로 유언장을 작성했다. 하얀 A4 용지에 여덟 개 항목으로 조목조목 본인의 의사를 정리했다. 혼자 감당하기 힘든 일이 생긴다면 그때마다 이 유언장을 보여 주면 될 거라고 했다. 그 내용 중에 '추모 모임은 절대 열지 말 것'이라는 항목도 있었다.

소년 같은 글씨가 가로쓰기로 죽 이어진 데다가 잘못 써서 수정한 곳마다 붉은 손도장을 꾹꾹 찍은 유언장이었다. 너무 정성스레 손도장을 찍어 놓아서 그런지 유언장이라기보다 혈판장을 떠올리게 했지만 혈판장치고는 또 글씨가 너무 어린애 같았다.

추모회를 여는 게 어떻겠냐는 말을 들을 때마다 유언장만 보여 주면 바로 해결됐다. 그의 말대로 아주 편했다. 유언장을 본 사람은 어딘가 비장한 손도장과 그의 독특한 글씨에 웃음을 참지 못했다. 그 모습에 나도 같이 웃음이 터지고는 했다. 죽은 사람이 남긴 엄숙한 것을 두고 함께 웃을 수 있다는 것은 행복한 일이었다.

긴 시간을 두고 내려앉은 먼지처럼, 집 안 곳곳에 남편의 필적이 남아 있다. 거실 테이블 밑 정리함, 낡은 연필꽂이, 그가 쓰던 침대의 사이드 테이블, 서랍 안, 수납장 구석, 온갖 곳들에 그의 글씨가 퇴적되어 있다.

녹화해 둔 영화와 드라마의 일람표, 사소한 메모, 출판사나 편집자의 연락처, 어디 사는 누구의 것인지 알 길 없는 전화번호, 주택 유지 보수를 위해 필요한 업자들의 연락처, 업무 관련 일정들…. 그중에는 세탁기와 전자레인지 사용법도 있다. 그는 기계에 능숙했지만 세탁기와 전자레인지 조작법만은 몇 번을 알려 줘도 잊어버렸다. 아마 기억할 마음이 없어서였겠지만, 그래도 내가 가르쳐 준 대로 자필로 메모해서 세탁실과 주방에 붙여 두기는 했다. 지금도 세탁기 옆 벽면에 '⑴ 전원을 넣는다. ⑵ 왼쪽의 뚜껑을 열어 액체 세제를 넣는다…'라고 쓴 메모지가 그대로 붙어 있다. 암 선고를 받은 해에 세탁기를 바꿨으나 남편은 그 메모를 활용해 보지도 못하고 떠났다.

신도神道(일본 특유의 토속신앙. 자연과 조상을 숭배하고 만물에

신이 깃든다고 믿으며, 사람이 죽어 일정 기간이 지나면 가족과 마을을 수호하는 신이 된다고 여긴다-옮긴이)의 세계에서는 입춘을 기점으로 해가 바뀌고, 절분(입춘 전날. 콩을 뿌려 잡귀를 쫓는 행사를 한다-옮긴이) 전에 죽은 사람은 1년이 지난 뒤에야 비로소 진짜 신이 된다고 한다. 그런 소식이 오늘, 신사에서 신관神官으로 일하는 분에게서 도착했다.

겨우내 다져져 얼어붙은 눈이 녹기 시작했다. 산길과 마당 군데군데 여우와 산새 발자국이 어지럽게 찍혀 있다. 살아 있는 것들의 흔적을 보며, 맑게 갠 겨울 하늘 아래를 걷는다. 지척에서 푸드덕대는 날갯짓 소리가 들린다. 멧비둘기 두 마리가 나무 꼭대기 너머로 날아오르고 있다.

그때그때의 소꿉놀이

어릴 때부터 나는 물욕이 적은 편이었다. 아버지 손에 이 끌려 백화점에 갔다가 "오늘은 원하는 걸 사 줄게"라는 말을 들어도 특별히 갖고 싶은 게 없었다.

갖고 싶은 게 없다고 하면 아버지가 실망하는 걸 아니 까, 그렇게까지 갖고 싶지는 않지만 대충 생각나는 대로 말했다. 봉제 인형, 그림책, 우유 먹는 아기 인형…. 그 와중 에 비싼 물건은 피했다. 쓸데없는 데까지 신경을 쓰는 아이 였다.

그런데 갖고 싶어 애가 탔던 게 딱 하나 있다. 어린이용 소꿉놀이 주방 세트. 손바닥에 쏙 들어갈 만한 조그만 냄 비, 프라이팬, 식칼까지 들어 있었다. 양철 재질로 된 서양 식 주방 세트로, 미국 홈드라마에나 나올 법한 멋진 주방 이었다.

아버지를 졸라 주방 세트를 샀다. 사 달라고 조르다니, 나로서는 드문 일이었다. 조그만 프라이팬으로 핫케이크 를 굽는 시늉도 하고 풀잎을 따 와서는 썰리지 않는 칼로 짓이기며 놀았다. 그때의 즐거움이 지금까지도 기억에 선 하다. 그렇게 재밌었던 놀이가 또 있었나 싶다.

남편은 나 이상으로 소꿉놀이를 좋아했다. 여자와 같이 살 거라면 소꿉놀이처럼 살고 싶다고 하던 사람이었다. 대여섯 가지 음식을 능숙하게 차려 낼 줄 아는 가정적인 여자보다는 생활 자체를 소꿉놀이처럼 즐겨 버리는, 일반적인 기준에서 약간 벗어난 여자가 더 매력적이라는 게 그의 지론이었다.

나와 남편은 매년 돌아오는 연중행사를 중요하게 생각했다. 매년 절분이면 액막이로 콩을 뿌리고, 히나마쓰리(매년 3월 3일, 음식과 인형을 제단에 장식하고 여자아이의 건강과 복을 비는 행사-옮긴이) 날에는 히나 인형(히나마쓰리에 제단에 올리는 인형-옮긴이)을 꾸미고, 아무리 바빠도 섣달그믐에 명절 음식을 손수 장만한 것은 그 자체가 최고 레벨의 소꿉놀이였기 때문인지도 모르겠다.

그런데 이제 같이 소꿉놀이를 하던 상대가 사라졌다. 현실의 일반적인 생활보다는 소꿉놀이와도 같던 즐거운 대목들이 기억에 더 깊이 박혀 있다. 딱히 그럴 이유도 없는데, 그때그때의 소꿉놀이가 불쑥 떠올라 나도 모르게 눈물이 솟구친다.

내가 코를 훌쩍거리면 고양이들이 갑자기 불안한 표정을 짓는다. 내게 뭔가 이변이 생겼다고 느끼는 모양이다. 그런 일로 식욕이 떨어지거나 하면 곤란하니까 고양이들 앞에서는 가능한 밝게 행동하려 한다. 때로는 장난스레 즉흥

댄스까지 쳐 준다. 알아듣지 못할 걸 알면서도 농담을 던지고 눈웃음도 지어 보인다. 뭐 하는 짓인가 싶어 우습기도 하다.

며칠 전, 자정이 넘었는데 갑자기 립스틱을 바르고 싶어졌다. 어디를 가든, 누구를 만나든 늘 마스크를 쓰다 보니 립스틱을 칠하던 습관도 사라졌구나 싶었다.

조금 설레는 마음으로 거울 앞에 섰다. 늘 그랬듯 립 브러시로 립스틱을 바른 뒤 립글로스를 덧발라 마무리했다.

누구에게 보여 줄 것도 아니다. 목적 없는 순수한 놀이. 고양이들도 잠든 깊은 밤, 거울 속에 웬 낯선 여자가 있는 것 같았다.

샤를 아즈나부르

고교 시절과 재수 시절에는 센다이에서 살았다. 센다이 번화가로 나가면 클래식 카페, 재즈 카페 말고도 산뜻한 테이블이 놓인 신식 카페가 지천으로 많았다. 친구들과 어울려 자주 다니고는 했다.

그런 곳들 중에, 일명 '왕조 카페'가 있었다. 싸구려 서양식 가구를 들여놓고 애매한 귀족 취향을 내세우던 카페로, 갈 때마다 손님이 거의 없던 가게였다. 남자아이들과 만나 책 이야기를 하거나 영어 단어를 외우면서 긴 시간 앉아 있기에 안성맞춤인 곳이었다.

카페는 2층 구조에, 천장이 꼭대기까지 뚫려 있어 층고가 무척 높았다. 거기에 플라스틱 샹들리에가 매달려 있었고 바닥에는 색이 바랜 붉은 카펫이 깔려 있었다. 의자와 테이블은 물론 컵이나 식기류까지 전부 '왕조풍'이었다. 나비넥타이를 맨 중년의 웨이터가 은색 쟁반에 음료를 받쳐 공손하게 가져다줬지만 가격은 일반적인 카페와 별반 다르지 않았다.

그곳에서는 주로 경음악과 샹송을 틀어 줬다. 경음악으로는 프랑스 이지 리스닝계를 대표하던 레이몽 르페브르와 폴 모리아, 샹송으로는 살바토레 아다모와 샤를 아즈나부르가 흔히 나왔다. 왕조풍이란 프랑스풍을 의미하는 것이었을까. 비틀스나 롤링 스톤스를 틀어 준 적은 한 번도 없었다.

남편은 대학 때 기타를 치며 노래하는 아르바이트를 잠깐 했다. 주로 샹송을 불렀다고 한다. 거기서 '주네 후지타'라는 예명을 썼는데 프랑스의 대문호 장 주네에서 따온 것이었다. 그 유치한 작명 센스는 지금까지도 친한 사람들 사이에서 이야깃거리가 되고 있다.

그가 암 선고를 받았던 해의 9월, 샤를 아즈나부르가 94세의 나이로 일본에 왔다. 운 좋게 티켓을 구할 수 있었고 공연을 보기 위해 도쿄로 갔다.

NHK홀에 나란히 앉은 우리는 젊을 때 듣던 샤를 아즈나부르의 노래와 거기 얽힌 추억을 이야기하며 공연 시작을 기다렸다. 항암 치료의 효과가 좋아 남편의 상태는 안정되어 있었다. 큰 희망에 차 있던 시기이기도 했다.

샤를 아즈나부르의 목소리는 여전했다. 무대에서의 모습도 예전과 변함없었다. 94세라는 나이를 잊을 정도였다.

그리고 나는, 그 공연을 보는 그와 나, 각각의 내부에 다르게 흐르는 아득한 시간의 소용돌이에 대해 생각했다. 그 끝에 도달하게 될 곳과 남겨질 시간에 대해서도 생각했다.

샤를 아즈나부르는 도쿄와 오사카에서의 공연을 훌륭

히 마치고 프랑스로 귀국했다. 그리고 얼마 지나지 않아 천수를 누리고 세상을 떠났다는 소식을 들었다. 인생의 마지막까지도 훌륭했다고 남편은 말했다.

며칠 전 그런 생각에 빠져 있는데, 갑자기 거실에 나방이 나타났다. 날개는 투명한 흰색이었고 크기는 3센티미터 정도 되는 나방이었다. 영하의 기온이 이어지는 혹한기에 나방이 태어날 수는 없다. 벽 틈에서 무당벌레가 나올 때는 있지만 그것도 날이 좀 풀렸을 때의 이야기다.

괴이하다는 생각을 하며 움직임을 좇고 있자니 눈치 빠른 고양이들도 나방의 존재를 알아챘다. 나방은 같이 놀기라도 하자는 듯 어른대며 날아다녔다.

순간, '혹시나' 하는 생각이 스쳤다. 급하게 고양이를 제지하려던 것과, 고양이의 발바닥 사이에 나방이 붙들린 것은 거의 동시였다.

고양이들에게 말했다. "하얀 나방으로 모습을 바꿔서 놀러 왔던 게 아닐까?"

죽은 나방을 차마 버릴 수가 없어서 창가에 둔 하얀 시클라멘 화분에 묻었다.

안고 싶고, 안기고 싶다

친한 사람과 헤어질 때 즐거웠다고, 또 만나자고 가볍게 안아 주고는 했다. 긴 악수를 나누며 헤어짐을 아쉬워하는 것도 흔한 일이었다. 살아 있는 존재의 부피감, 생명의 따스함을 직접 느끼지 못하게 된 지도 한참이 흘렀다. 당연하듯 피부끼리 맞닿던 날들이 백 년이고 천 년이고 옛날 일처럼 느껴진다.

'I Want to Hold Your Hand'는 비틀스의 초기 대표곡 중 하나다. 직역하면 '너의 손을 잡고 싶어'이다. 그런데 일본어 공식 제목은 '너를 안고 싶어'이다. 가사에 껴안고 싶다는 표현이 전혀 없고 손을 잡고 싶다는 것에 충실히 머물러 있는데도 그렇다. '손을 잡고 싶다'보다 '안고 싶다'는 것이 감정적으로 확실히 더 강한 인상을 남기기는 한다.

나도 지금 누군가를 안고 싶다. 그리고 안기고 싶다. 강렬하게 그러고 싶다. 병이 들어 쇠약해진 남편의 앙상한 손을 잡고, 고목 같은 어깨를 끌어안고, 무섭도록 부어 버린 발목과 아픈 등을 문질러 주던 그때. 그럴 수만 있다면 지금 다시 그때로 돌아가고 싶기까지 하다.

생명이 꺼져 가는 그를 보는 것만으로도 괴로웠는데, 그걸 또 뭐 하러…. 내가 생각해도 어이가 없다. 그러나 접촉이 불가능한 시대를 살며, 죽음에 임박한 자의 살갗마저도 내게는 그립다.

불안과 공포에 휘둘릴 때, 의지할 곳 없어 외로울 때, 슬픔에 사로잡혀 있을 때, 누군가 가만히 안아 주거나 손을 잡아 주기만 해도 잠시나마 고통에서 도망칠 수 있다. 차갑게 얼어붙은 마음, 적막한 마음에 따뜻한 빛 한 줄기가 비집고 들어온다.

언제, 어떤 때든 사람들은 그렇게 살아왔다. 간단한 일이었다. 안고, 안기고, 손을 맞잡는 일. 단지 그뿐인 일이, 너를 지켜 냈고 나를 지켜 왔음을 우리는 알고 있다.

요양 시설로 어머니를 만나러 가는 딸의 모습이 텔레비전에서 흘러나온다. 딸은 방호복과 보호 장비로 온몸을 완벽하게 감쌌다. 모녀는 1년 동안 만나지 못했다.

보호 장갑을 낀 딸의 손이 어머니의 어깨를 주무른다. 그리고 손을 잡는다. 딸의 얼굴은 투명한 플라스틱 보호 장비로 가려져 있다. 20분으로 시간이 제한된 짧은 만남. 늙은 어머니는 그저 하염없이 눈물만 짓는다.

어제와 그제, 겨울의 끝자락을 알리는 남풍이 숲에도 거세게 불었다. 요즘 밤마다 꼬리가 탐스러운 여우 한 쌍이 나타나 내가 던져 놓은 호두를 먹고 간다. 오늘은 하늘에 제법 밝은 반달이 떴다.

변함없이 계절은 흐른다. 새로운 생명도 쉼 없이 태어난다. 적막함만이 가시지 않고 남아, 오늘도 나는 고양이의 부드러운 몸에 코를 파묻는다.

후
회

까치발을 들고 높은 선반에 있던 가방을 꺼내려다 낡은 옷 같은 게 가방에 걸려 바닥으로 떨어졌다. 회색의, 낯익은 바지였다.

5, 6년 전이었을까. 좋아하는 운동복 바지의 허리 고무줄이 헐렁해졌다며, 시간 날 때 고쳐 주면 좋겠다고 남편이 부탁했다.

바느질이야 하면 못 할 것도 없지만, 세상 귀찮은 일이다. 기모노 차림의 여자가 고개를 살짝 기울이고 송곳니로 실을 끊는 모습은 몹시도 요염하지만, '가위면 됐지 굳이 뭐…' 싶기도 하다. 바느질을 여자의 일이라 여기는 풍조에 저항해서 그런 것도 아니다. 그저 단순한 이유, 손끝을 움직이는 섬세한 작업에 서툴러서 그렇다.

떨어진 단추 하나 달면서 수선을 피워 대니 남편 눈에는 어이가 없었을 것이다. 그런 내게 허리 고무줄 수선은 상당한 각오가 필요한 일이다. 순순히 그러겠다고 했지만 아니나 다를까 계속 미루다가 결국에는 까먹고 말았다.

"바지 어떻게 됐어?" 하고 남편이 물을 때마다 "아, 미안. 아직"이라고 대답했다. "하긴, 당신한테 부탁하면 단추 하나 다는 데도 1년은 걸리니까 뭐"라며 툴툴대는 소리도 들었고, 그렇게 시간이 흘러갔고, 그가 병으로 쓰러졌다.

고작 허리 고무줄 하나였는데 왜 바로 고쳐 주지 못했을까. 아무리 귀찮아도, 아무리 바빴어도 30분만 내면 할 수 있는 일이었다.

가족이나 친구를 잃은 사람이라면 누구나, 예외 없이, 사소한 일로 후회한다. 나도 마찬가지다. 바지의 허리 고무줄. 너무 사소하고 별것 아닌 일. 가볍게 웃어넘겨도 되는 일로 이렇게 후회가 된다.

후회는 꼬리를 물고 이어진다. 바지를 발견한 며칠 뒤, 서재 정리를 하다가 책상 위의 '부적 마스코트'가 눈에 들어왔다. 투명하고 조그만 플라스틱 상자 안에, 신사에서 파는 복주머니 부적과 강아지 인형이 들어 있는 마스코트다. 암세포가 림프절(림프샘)까지 전이되어 방사선 치료를 시작할 무렵, 남편이 문구점에서 자신과 나를 위해 샀던 '건강 부적'이었다.

사서 원하는 곳에 두면 끝인 줄 알았는데, 상자 뒤에 설명서가 있다는 걸 그때 처음 알았다. "복주머니 속 카드에 소원을 적어 넣고, 늘 지니고 다니세요."

복주머니 안에 카드가 들어 있을 줄이야…. 쭈뼛쭈뼛 주머니를 열었다. 그리고 그 순간 시간이 멈춰 버렸다. 반으로 접힌 조그만 흰색 카드에, 남편의 글씨로, 나의 건강과 행복을 기원한다고 쓰여 있었기 때문이다.

시간은 한 치의 오차 없이 정확히 흘러간다. 그제 밤에는 올 들어 처음으로 올빼미 우는 소리를 들었다. 하늘에는 보름달이 떴고, 숲속 여기저기 울어 대는 올빼미 소리에 문득 아득해지는 현실감을 느낀다. 시간과 함께 그와의 기억이 흐려지기를 바라는 걸까. 그때 그대로 생생하기를 바라는 걸까. 도통 알 수가 없어, 무심코 하늘만 올려다본다.

벚꽃이 필 때까지

아침에 일어나 커튼을 연다. 봄기운 완연한 햇살이 한꺼번에 쏟아져 들어온다. 멧비둘기를 비롯한 여러 새들이 나뭇가지에 앉아 이쪽 상황을 살피는 게 보인다. 먹이통에 해바라기 씨는 언제 부어 줄 건지, 모이와 빵 부스러기는 언제 뿌려 줄 건지 이제나저제나 기다리는 것이다.

새들에게 밥을 주고 나면 나를 위한 음식을 만든다. 남편의 영정에 향을 올리고 그날의 일정이나 속엣말을 한 뒤 밥을 먹는다. 그러면 이번에는 고양이들이 배고픔을 호소한다. 다리에 바싹 붙어 몸을 비비고 주변을 맴도는 통에 여유를 부릴 수 없다. 서둘러 식사를 마치고 뒷정리를 한 뒤 고양이들에게 첫 먹이를 준다. 물도 갈아 주고 고양이 화장실도 청소한다. 집안일을 끝내 놓고, 필요하다면 차를 몰고 장을 봐 온다.

그 일들이 다 끝나야 뜨거운 커피를 내려 서재에 들어간다. 서재에서 보내는 시간이 가장 편안하다. 컴퓨터 모니터에 문장을 늘어놓고 있으면 시간이 어떻게 가는지 모른다. 쓸데없는 생각을 하지 않고 있을 수 있다.

그러다가 친한 사람이나 편집자에게 전화가 오면 밝은 목소리로 응한다. 예전처럼 웃고 농담하고, 지극히 일상적인 수다를 즐긴다. 조심스레 목소리를 낮춰 죽은 남편 이야기를 꺼내거나 내 안부를 걱정스레 묻는 사람은 이제 아무도 없다. 배려 차원에서 일부러 그러는 건 아니다. 그들에게는 이미 남편의 죽음이 과거의 일이 되었기 때문이다. 당연하고도 건강한 귀결이라고 생각한다.

그런데 나는 어떠냐 하면, 남편의 투병과 죽음을 겪는 동안 내 내면의 일상과 나를 둘러싼 외부의 일상이 미묘하게 틀어지고 말았다. 등에 비수가 꽂혔는데도 웃으면서 남들을 대하는 것 같은, 단추를 잘못 채운 걸 아는데도 도무지 고쳐 채울 수가 없는, 그런 위화감이 떨쳐지지 않는다.

외부에 흘러가는 시간과 내 속에서 흘러가는 시간 사이에는 분명히 어긋난 부분이 있다. 그런데도 아무렇지 않은 얼굴로 보통의 삶을 살아가고 있다. 아마 그 누구도 이 '어긋남'을 이해하지 못할 것이다. 이해하지 못하는 게 당연하므로 설명하려 해 본 적도 없다.

세상과 내가 어긋났다는 게 느껴질 때마다 이런저런 몽상에 빠져든다. 내가 이미 노파가 된 것처럼 느껴질 때가 있는가 하면, 어린 시절의 내가 거실의 고타쓰에서 가족과 흑설탕 과자를 먹고 있는 느낌이 들 때도 있다. 그곳에 있는 어린 나에게는 아직 보지 못한 미래가 있다. 그러나 진짜 나는 이곳에 있고, 그 미래가 어떤 미래가 될지 속속들이 알고 있다.

작년 초, 쇠약해지기 시작한 남편을 앞에 둔 주치의가 "안타깝지만…" 하고 말을 꺼냈다. "벚꽃이 필 때까지… 일 것 같습니다."

그 뒤로 나는 벚꽃이 싫어졌다. 보기가 두려웠다. 그러나 올해, 아직 날이 추운데 벚꽃가지가 꽃집에 나온 것을 보고 복잡한 심경인 채로 사고 말았다.

현관 앞 꽃병에 꽂아 두고 변변히 돌보지도 않았는데, 단단한 꽃봉오리였던 벚꽃이 지금, 찬란한 만개의 시기를 맞이하고 있다.

사랑하지 않을 수 없어

내가 고등학생이던 때, 의식 있는 학생을 중심으로 '가정은 만악의 근원'이라는 생각이 퍼져 나가기 시작했다. 세계 각지에서 학생운동과 반전운동이 벌어졌고 여성해방 사상이 세를 불려 나갔다. 구세대의 가치관을 부정하던 시대였다. 당연하게 여겨지던 인생의 청사진에 의문을 품는 사람이 급증하면서 여성의 삶이 눈에 띄게 바뀌었다.

동거를 시작하며 제일 먼저 우리는 아이를 갖지 않겠다는 것부터 분명히 했다. 따라서 혼인신고를 할 필요도 없었다. 나는 이미 10대 때부터 아이를 낳지 않겠다고 결심했다. 당시 유행하던 사상이나 이론의 영향은 아니었다. 내 깊은 내면에서 생겨난, 거짓 없는 감각에 가까운 것이었고, 그런 내 생각에 완전한 이해를 표명해 준 그와 만났다는 게 기뻤다.

하지만 남편은 아이 문제 이전에, 가정을 꾸리는 것 자체에 과하다 싶을 정도로 알레르기 반응을 보이는 사람이었다. 말하자면 '가정은 만악의 근원'이라는 생각을 실제로 갖고 사는 사람이었다.

그는 지배욕이 강한 어머니 밑에서 자랐다. 아들을 사랑하는 마음이야 있었겠지만 지배하는 형태를 취하지 않으면 만족하지 못하는 어머니였다. 외동이었고, 경제적으로는 아무 부족함이 없는 가정이었다. 그러나 그는 아주 어릴 때부터 어머니와의 관계에서 절망감을 느꼈다. 그런 어머니를 제지하지 못하던 아버지에 대해서도 마찬가지였다.

남편은 50대가 되면서부터 자신이 어떤 사춘기를 보냈는지 작가로서 남기고 싶다는 열망에 사로잡혔다. 그래서 자전적 장편소설을 썼다. 끝까지 도망칠 수밖에 없었던 어머니와의 관계를, 자신의 고교 생활에 담아 적나라하게 그려 냈다. 가부키초의 고고 클럽(1960년대의 댄스 클럽-옮긴이)에 드나들며 술과 담배, 헌팅에 빠져 살았고 그러다 고향이 같은 한 살 연상의 여자와 어설픈 동거 생활도 했다. 전철역 화장실에서 교복을 갈아입고 등교하던 날들을 솔직히 옮긴 책이었으나 단행본으로 출간됐을 때도, 나중에 문고본으로 나왔을 때도 독자와 평론가의 관심을 받지 못했다.

숨을 거두기 일주일 전쯤 그는 자기 침대 속에서 독자에게 가닿지 못하고 끝나 버린 그 작품에 대해 한탄했다. 어머니를 미워하는 심리가 인생에 어떤 영향을 미치는지, 이해받지 못했다는 것에 원통해 했다.

미움의 이면에는 반드시 '사랑받고 싶다'는 욕구가 있다. 제대로 된 애정을 나누지 못했던 모자, 세월이 흘러 작가가 된 아들의 파멸적인 고교 시절을 담은 작품이 이번에 출판사를 바꿔 문고본으로 나온다. 그 책 끝에 내가 쓴 해설을 실었다. 같은 작가로서, 곁에서 오래도록 지켜봐 온 나로서는 작은 사명 같은 일이었다.

자전 소설의 제목은 《사랑하지 않을 수 없어》이다. 그 시대를 살았던 사람이라면 누구나 아는 노래, 레이 찰스의 히트곡 'I Can't Stop Loving You'에서 제목을 따왔다.

사춘기는 이어진다

남편에게 남은 시간이 얼마 없다는 것을 알게 된 뒤, A 씨에게 어느 날 밤 전화를 걸었다. 남편과 A씨는 고등학생 때부터 친구 사이다.

젊은 시절에는 각자의 일에 전력투구했고, 때에 따라 소원해지기도 했고 가깝게 지내기도 했다. 남자들끼리의 묘한 경쟁 심리였는지 만나면 자의식이 맞부딪쳐 불꽃이 튀고는 했다. 자주 연락하는 사이는 아니었지만 막상 무슨 일이 생기면 누구보다도 서로를 믿어 주는 그런 관계였다.

물론 그는 남편의 병에 대해 알고 있었다. 그러나 설마 이 정도끼지일 줄은 몰랐던 모양이다. 내가 남편의 상태를 털어놓자 수화기 너머에서 말문이 막힌 것 같았다. 그러고는 소리를 삼키며 울기 시작했다. 겨울밤의 정적 속에서 할 말을 잃은 채, 잠시 서로 흐느껴 울었다.

얼마 전 오랜만에 A 씨와 통화를 했다. 남편과 동갑인 그는 작년에 고희를 맞았다.

"이 나이까지 오래 살았고, 폭풍 같은 일들을 헤치며 미친 듯 달려왔어요. 그러다가 골치 아픈 지병도 얻었지만 딱히 후회는 없었습니다. 특별한 취미도 없이 일만 하던 인생이었습니다. 그래도 대체로 좋은 인생이라고 생각했어요. 이대로 평온하게 늙어 사라져 가겠거니 싶었는데… 열다섯 살 때부터의 친구를 갑작스레 잃게 됐습니다. 게다가 그 뒤에 바로 코로나 광풍이 불어닥쳤고, 남은 시간을 막막한 불안과 함께 살 수밖에 없어졌지요. 여러 의미에서, 내게 후지타의 죽음은 너무 큽니다. 그날부터 모든 게 변해 버린 것처럼 느껴져요."

혼잣말처럼 그는 내게 그렇게 말했다.

젊었을 때의 나는, 늙어 갈수록 많은 것들이 편해질 거라 생각했다. 화창한 봄날 오후, 공원 벤치에 앉아 나른하게 먼 곳을 바라보는 노인들. 아마 그들은 각자의 인생을 초월해 달관에 도달했으리라 믿었다. 뒤틀려 참을 수 없던 감정도 누그러지고, 고요한 받아들임이 심신을 해방시켜, 석양빛의 부드러운 베일에 싸인 듯 남은 인생이 평온할 것이라 믿었다.

그러나 말도 안 되는 오해였다. 노년기와 사춘기에 도대체 무슨 차이가 있을까. 생명의 반짝임도 슬픔도 불안도 희망도 절망도, 예리하게 벼려진 감각을 버거워 하며 살아가는 사람들에게는 그때나 지금이나 다를 바 없다.

어쩌면 노년기의 평온함은 겉모습에 불과할지도 모른다. 대개는 사춘기 때와 별반 다르지 않은, 어쩌지 못하는 감수성의 틀 안에서 옥신각신 살아간다.

요즘 들어 바람이 강한 날이 많아졌다. 굉음을 내며 산에서 내려온 바람이, 미처 새순을 틔우지 못한 나무들을 거세게 흔들고 지나간다.

　굴뚝새 소리가 사방에서 들려온다. 딸랑이는 방울 소리처럼 아름다운 새소리다. 문득 돌아보니 구름 한 점 없이 짙푸른 하늘. 너무나 푸르고 눈이 부셔서 어디까지가 꿈이고 어디까지가 현실인지 모르겠다.

동물 병원에서

A라는 고통은 B라는 고통이 생기자마자 사라진다. 최소한, 느껴지지는 않는다. 고통의 사령탑인 뇌의 전달 메커니즘 덕분이다. 오래 살다 보면 누구나 몇 번이고 그 은혜를 입는다.

얼마 전, 열네 살 된 우리 집 고양이가 밥을 거부하기 시작했다. 움직임도 갑자기 둔해지더니 괴로운 듯 누워 있으려고만 했다. 평소 식욕이 왕성하고 활동적인 고양이라 덜컥 겁이 났다. 동물 병원이 쉬는 날이었기 때문에 주말 동안 상태를 지켜볼 수밖에 없었다.

남편 다음은 고양이인가 싶었다. 깊은 우물의 바닥으로 내려가 내 상처를 핥아 주며 한동안은 몸과 마음을 돌볼 생각이었다. 더 이상 깊은 '바닥'은 없으리라 생각했다. 그러나 저 앞에 새로운 '바닥'이 도사리고 있을지도 몰랐다.

주말이 지나, 여전히 밥을 거부하는 고양이를 데리고 병원에 갔다. 먼저 키우던 고양이 때부터 신세를 져 온 수의사가 근심스러운 얼굴로 고양이의 온몸을 살펴봤다.

고양이를 맡기고 결과가 나오기까지 한 시간 반. 이름이 불리고 진료실에 들어가는데 아주 잠깐 기묘한 환영이 눈앞을 스쳤다. 남편이 다니던 병원의 진료실…. 각종 검사 결과를 들으러 갈 때마다 두려움에 떨었던 그 진료실. 언제

전이와 재발 통보를 받게 될지 몰랐다. 주치의가 기다리는 진료실 문을 여는 것은 공포 그 자체였다.

동물 병원의 작은 진료실에도, 암 병동의 진료실에도, 방심하는 순간, 만면에 얄궂은 미소를 띠고 슬금슬금 다가오는 사신死神이 있다. 나에게 남편의 투병이란 그 사신과 싸우는 일이었다.

그러나 뜻밖에도 고양이의 검진 결과는 '이상 없음'이었다. 병이 없고 튼튼하다는 확실한 검사 결과를 받았다. 갑자기 기력이 떨어진 이유는 개와 고양이에게 흔한 항문낭염, 그러니까 항문낭에 생긴 염증이 일으키는 통증 때문이라고 했다. 치료를 받은 뒤 고양이와 함께 집으로 향했다.

남편의 투병과 죽음은 내게서 '가슴이 뛰는 느낌'을 빼앗아 갔다. 별 이유도 없는데 눈앞의 모든 것에 행복해지던 때, 그런 한때가 있었다는 것도 먼 과거의 기억에 불과했다.

그런데 동물 병원에서 집으로 돌아가던 길, 찬란하게 쏟아지는 봄볕 속에서 잊고 있던 깊은 행복을 느꼈다. 그야말로 몇 년 만에 느끼는 진짜 행복이었다.

예전에는 무슨 일이 있으면 돌아가신 부모님이나 팔백만의 신(삼라만상에 깃든 수많은 신을 의미한다. 일본 토속신앙에서는 만물에 신이 깃들어 있으며, 사람이 죽으면 신이 된다고 믿는다―옮긴이)에게 손을 모아 기도했다. 지금은 죽은 남편에게 기도한다. 고양이를 지켜 줘. 나를 지켜 줘. 부탁이야. 남편도 이제는 신이 되었을 테니까.

여기저기 울어 대는 새소리로 숲이 요란하다. 날이 하루가 다르게 따뜻해지고 있다. 예년과 비교할 수 없을 만큼 빠른 속도다. 덕분에 새들도 일찌감치 번식의 시기를 맞았다. 이 나무에서 저 나무로 어지러이 날며 우는 새들. 내 귀에는 그 소리가 '그립다, 그립다'고 우짖는 소리로 들린다.

기력을 완전히 되찾은 고양이가 오도독오도독 경쾌한 소리를 내며 밥을 먹고 있다. 창밖에서는 멧비둘기 한 쌍이 나른한 목소리로 울고 있다.

무덤까지

젊을 때부터 묘지와 폐가를 보는 것이 좋았다. 국내외를 불문하고 그 나라, 그 도시의 묘지를 돌아보는 것이 관광 명소를 도는 것보다 더 만족스러웠다.

사람이 살지 않아 방치된 집이 보이면 무조건 발걸음을 멈춘다. 담쟁이덩굴이 뒤덮고 금이 간 외벽, 키 큰 잡초가 무성히 자란 지붕, 깨진 유리창 안쪽, 겨우 빛이 파고드는 공간에 널브러진 누런 신문지, 녹슬어 원형을 알아볼 수 없는 깡통, 비바람에 시달려 칼로 베인 듯 찢긴 채 매달려 있는 빛바랜 커튼….

그곳에 흐르던 시간은 영원히 멈췄다. 영위해 오던 삶에 종지부가 찍히고, 형태만 남아 퇴색해 가는 풍경들. 아마 나는 젊은 시절부터 그런 풍경에 깊이 매료되었던 것 같다.

초등학교 때 8밀리미터 카메라가 일반 가정에 보급되기 시작했다. 아버지는 초창기에 카메라를 손에 넣었고 틈만 나면 나와 여동생과 엄마의 모습을 찍었다. 얼마 안 되는 월급을 이리저리 쪼개 영사기도 샀다. 쉬는 날이면 작은 거실 벽에 흰 천을 드리우고 덧문을 꼭 닫아 어둡게 만든 뒤 가족끼리 상영회를 즐겼다.

소리는 녹음되지 않았기 때문에 무성영화 같았다. 화질이 그리 선명하지는 않았고 먼지와 종이 쪼가리가 달라붙어 필름 곳곳에 균열이 가 있기도 했다.

부모님이 돌아가신 뒤 60년도 더 된 필름이 본가 벽장에서 몇 통이나 나왔다. 전문 업체에 맡기면 DVD로 간단히 만들 수 있다는 사실을 최근에야 알았다. 남편이 건강했다면 그 즉시 신이 나서 맡겼을 거고, 텔레비전 화면으로 재생시켜 놓고 둘이 깔깔대며 봤을지도 모르겠다.

남편의 죽음과 함께 내 먼 과거도 묻어 버린 기분이 든다. 내 안에서는 시간의 흐름이 멈춰 서 있다. 길고 긴 세월을 거슬러, 그 시절을 함께 즐길 상대가 이제는 없다. 지나간 시간의 침전은 무거운 비석을 연상시킨다.

언제부터인지는 모르겠지만 '부부 나란히 나오키상 수상'이라는 제목의 영상을 유튜브에서 볼 수 있게 됐다. 남편이 나오키상을 수상한 직후 NHK 스튜디오에서 함께 인터뷰했을 때의 영상이다.

그동안 볼 용기가 없었는데 얼마 전 공연히 남편 목소리가 듣고 싶어졌다. 이상하게도 목소리에 대한 기억이 유독 가물가물해진다. 그렇게 매일 질릴 만큼 들었는데 남편 목소리가 선명하게 떠오르지 않을 때가 있다.

영상 속에 20여 년 전의 그와 내가 있다. 그리운 시절이다. 둘 다 긴장한 기색으로 인터뷰를 하고 있다. 남편의 목소리가 들려온다. 아, 맞다, 이 목소리다 싶다.

방송의 마지막, "앞으로 부부로서는 어떻게 걸어가고 싶습니까?"라는 질문을 받는다. 그가 대답한다. "지금 생각으로는요, 무덤까지 같이 갈까 합니다."

그의 옆에서 아직 40대인 내가 '후후후' 하며 웃고 있다.

내선 전화

가족을 잃은 슬픔이란 참 희한하여, 24시간 비애라는 이름의 깊은 안개 속을 헤매는가 하면 꼭 그렇지만은 않다. 물론 의식의 바닥에는 끊임없는 슬픔이 물처럼 흐르고 있다. 잠들어 있을 때조차 결코 멈추지 않는다.

누군가와 이야기를 나눌 때, 일에 집중할 때, 책이나 영화에 몰두하고 있을 때에도, 문득 공중에 뜬 것처럼 현실에서 동떨어질 때가 있다. 열중하는 대상에 대한 의식은 맑으면서도 순간적으로 시간의 감각이 마비되는 것이다.

오랜 습관은 슬픔 속에서도 되살아난다. 그는 이제 없는데 '아, 이건 까먹지 말고 말해 줘야지' '이 이야기는 재밌으니 이따 알려 줘야지' 하고 생각한다. 심할 때에는 남편 작업실에 전화하려고 책상 위의 내선 전화에 손을 뻗은 적도 있다.

시간으로 보면 겨우 1초, 2초. 행복한 낮잠 속에서 꾼 평화로운 꿈이 그 찰나에 거품처럼 사라진다. 망연자실해 하는 것도 억울하니 혼자 허망하게 쓴웃음만 짓는다.

그와 나는 함께 지내는 시간이 길었다. 집필이나 개별 용무 외에는 늘 함께였기 때문에 건망증을 걱정할 나이가 되고서도 어딘가 안심하는 부분이 있었다. 영화배우나 정치인의 이름, 영화나 소설의 제목, 레스토랑의 상호, 지인의 이름…. 소설을 쓰다가 특정 고유명사가 도무지 생각나지 않으면 찾아보기 귀찮으니 내선 전화로 물어볼 때가 많았다. 인터넷에서 검색할 단서조차 없는 경우에는 글이 막히니 조바심이 난다. 이럴 때 가볍게 물어볼 상대가 있으면 얼마나 편리한지 모른다. 같은 세대이니 쌓아 온 기억의 양과 질도 엇비슷하다. 어이없다 싶게 깜빡깜빡해도 서로가 있으니 어떻게든 되겠지 싶었고, 실제로도 그랬다.

왜 그런지는 모르겠지만 남편은 '스웨트셔츠'라는 말을 매번 까먹었고 그때마다 내선 전화로 묻고는 했다. 둘 중 누가 먼저 치매에 걸리느냐로 말씨름하던 것도 떠오른다. 80퍼센트의 확률로 남편이 먼저라는 결론이 나왔으나 그는 이제 암은 물론 치매도, 심근경색도, 뇌경색도 걸리지 않는다.

죽음은 당사자에게 영원한 안식이다. 동시에 곁에 있는 사람에게도 어떤 종류의 안식을 준다. 내가 아닌 누군가의 안위를 염려하고 두려워하느라 불안에 떨 필요가 없어졌다는 의미에서, 그 이상의 안식은 없다.

요즘 매일 밤, 마당에 담비가 나타난다. 몸집이 조그만 녀석이다. 샴페인 골드빛 털이 너무 아름다워 넋을 잃고 보게 된다. 담비는 풍성한 꼬리를 자랑스레 휘두르며 리드미

컬하게 뛰어다닌다.

　몇 년 전인가 문예지에 〈담비와 달〉이라는 제목의 단편을 썼다. 오늘은 초사흘이라 달은 보이지 않는다. 그 대신 총총한 별이 하늘 가득 떴다.

이제는 괜찮아

25년도 더 된 이야기기는 하지만, 남편은 일에 지치거나 하면 농담 반 진담 반으로 "후지타 요시나가는 죽은 걸로 하고 뒷일은 전부 너한테 맡기고 싶어"라는 말을 자주 했다.

편집자나 친구가 찾아오면 어떡하냐고 물으니 절대로 찾지 못할 곳에 숨어 있겠다고 했다.

"그동안 화장실은?"

"양동이를 두면 되지."

"그 사람들이 돌아갈 때까지 숨어 있겠다는 거야?"

"그렇지."

"그럼 그 사람이 돌아가고 나면 뻔뻔스럽게 방으로 돌아오겠다는 거네."

"맞아."

"두 번 다시 나 말고는 아무도 못 만나게 될 텐데?"

"그것도 괜찮아. 죽는다는 건 원래 그런 거니까."

…

우리가 사는 숲에는 상주하는 인구가 별로 없다. 집 주변을 어슬렁거려도 좀처럼 다른 사람과 마주칠 일이 없다. 죽은 걸로 하고 살아가기 위한 조건은 갖춰져 있으니 못 할 것도 없지 않겠느냐며, 남편은 꿈에 부푼 얼굴로 우겨댔다.

"살아 있는데 죽은 척이라고? 말 같지 않은 소리 좀 하지 마. 그런 큰 비밀을 숨기고, 모든 걸 나 혼자 짊어지라니, 해도 너무한 거 아냐? 내 입장도 좀 생각해 줘."

내가 정색하면 할수록 그는 더 재밌어 하며 "얼마나 좋을까. 그렇게만 되면 마감도 없을 테고, 좋아하는 것만 해도 되고. 남은 인생, 천국일 텐데" 이런 말만 계속했다.

존 레넌이 총을 맞고 사망하자 아내 오노 요코는 그의 시신을 즉각 화장했다. 누구와의 만남도 허락하지 않았다고 들었다. 그 일이 존과 가까이 지냈던 음악인들의 가슴에 큰 앙금을 남겼다는 이야기도 있다.

남편은 돌연사 한 걸로 하고, 아무에게도 알리지 않은 채 곧장 화장해 버렸다고 한다면 예전에 남편이 꿈꾸던 것이 실현 가능했을지도 모르겠다. 그런 터무니없고 어처구니없는 일을 지금도 가끔 상상해 본다. 아무것도 없는 빈 유골함을 놓고, 영정 주변으로 꽃과 향을 올려 두기만 하면 된다. 그렇게 하면 사람들 눈에는 의심의 여지없이 남편의 죽음이 현실화된다.

그렇다면 겉으로는 지금과 별 차이가 없겠다는 생각도 문득 들지만, 결정적인 차이가 있다. 남편은 지금 죽은 척을 하고 집 안 어딘가에 숨어 있는 게 아니다. 진짜 죽었고,

이 집에서 사라졌다. 손님이 돌아갔다고, 이젠 괜찮다고 신호를 보내 봤자 돌아오지 않는다. 죽은 척 따위 하지 않아도, 인생의 성가신 온갖 것으로부터 영원히 해방됐다.

뒤뜰에 자생하는 머위 꽃대가 연달아 얼굴을 내밀더니 꽃이 피기 시작한다. 너무 크게 자라기 전에 한꺼번에 따와서는 된장을 묻혀 튀긴 뒤 저녁상에 올리는 것이 이 계절의 즐거움이었다.

지금도 가끔 '밥 다 됐어!'라는 말이 입 밖으로 튀어나올 것 같을 때가 있다. 밥이라는 말에 반응하는 것은 고양이들뿐이다.

남은 시간

오래전 도쿄 모처에 손금만 봐도 수명을 알아맞힐 수 있다는 전설적인 노파가 있었다. 노파가 예언한 나이에 진짜로 죽은 사람도 여러 명 있다고 했다.

노파는, 조그맣고 약간 꾀죄죄하고 카운터석만 있는, 카페라 하기도 그렇고 다방이라 하기도 그런 가게를 혼자 꾸려 가고 있었다. 그 가게 단골이고 나보다 연상인 A 씨가 어느 날인가 같이 가 보자고 했다. 대학을 졸업한 지 얼마 안됐을 무렵이었다. 죽는 날을 알게 된다는 두려움보다 호기심이 더 컸다. 며칠 후 A 씨와 함께 노파의 가게를 찾았다.

옛 흑백영화에나 나올 법한 먼지투성이 가게였다. 차분하고 수수한 인상에 이렇다 할 특징도 없는 노파였지만 손금을 보는 단계가 되자 갑자기 공포심이 정점에 달했다. 나는 황급히, 수명은 알고 싶지 않다고 말했다.

노파는 고개를 끄덕이며 손금을 꼼꼼히 들여다봤다. "위가 조금 약하기는 하지만 걱정할 정도는 아니야. 몸은 건강해." 옆에서 노파의 말을 듣고 있던 그는 "다행이네. 장수하겠는데?"라며 웃었다.

그로부터 불과 5년 뒤, 그의 부고를 들었다. 암이 발견되었을 때는 이미 때를 놓친 후였다고 했다. 그 수수께끼 같은 노파가 그의 수명에 대해 어떻게 말했는지는 모르겠다.

그도 나처럼 죽는 날을 안다는 게 두려워 묻지 못했을 수도 있다.

남편이 시한부 선고를 받고서야 '암이 주는 선물'이라는 말이 세상에 있다는 것을 알게 됐다. 암에 걸려야 주어지는 행복이 있다는 말이다. '말기 암 환자는 대략적인 여명을 고지받기 때문에 남은 시간을 의미 있게 쓸 수 있다. 헤어질 준비도 차분하게 할 수 있다. 이왕 죽을 거라면 암이 좋다. 미련을 남기지 않고 죽을 수 있으니까.' 이렇게 생각하는 사람도 늘어났다고 들었다.

그러나 정말 그럴까? 아침 햇살 속에서 깬다. 또 하루가 시작되는구나 싶다. 시간은 규칙적으로 흐르고, 계절은 아무 일 없다는 듯 변해 간다. 그리고 남은 시간은 예리한 칼이 되어 그와 나를 겨눈다. 그것은 잔혹한 시련이었다. 그것 말고 뭐라 표현할 수 있을까.

남편도 물론 죽음을 받아들이려고 했다. 그러나 끝을 뻔히 알면서도 변함없이 흘러가는 시간 속에서 산다는 것은, 그에게나 나에게나 혹독한 시련이었다.

그가 남긴 스마트폰과 비디오카메라 안에 엄청난 양의 사진과 동영상이 잠들어 있다. 대부분 병을 얻고 난 뒤에 찍은 것들로, 들에 핀 작은 꽃과 새잎을 알면서도 아직까지는 볼 용기가 없다.

끝이 보이지 않는 역병 속, 올해도 고원에 꽃이 만발하는 시절이 찾아왔다. 개나리, 조팝나무, 산벚나무, 진달래…. 구름 한 점 없이 짙푸른 하늘에는 말똥가리인지 솔개인지 커다란 새 한 마리가 유유히 포물선을 그린다. 번식기를 맞은 새들의 지저귐이 온 숲에 넘치고 있다.

죽은 자의 고요한 얼굴

어렸을 때 나는 몸이 약한 편이었다. 배가 자주 아팠고 열이 날 때도 있었다. 아버지는 내가 속이 안 좋다고 할 때마다 큰일이 난 듯 요란을 떨었다. 머리맡에 신문지를 깔고 세숫대야를 갖다 놓고, 토하고 싶으면 여기 토하면 되니 걱정 말라고 했다. 아버지가 그럴 때마다 속이 더 울렁거렸다.

반면에 엄마는 어떤 일이 있어도 평소처럼 행동했다. 누워 있는 내 옆에서 평온한 표정으로 바느질 같은 걸 하고는 했다. 아무 일도 없다는 듯 콧노래도 흥얼댔다. 사과를 갈아 설탕을 조금 섞어 숟가락으로 떠먹여 주는 엄마의 손에서 짭짤한 간장 냄새가 어렴풋하게 났다.

엄마는 다이쇼 시대에 태어난 사람치고는 키가 큰 편이었다. 양장도 전통복도 다 잘 어울리는 미인이었다. 말년에 들어 뇌가 위축되기 전까지는 자식들 앞에서 아버지에 대한 험담을 한 번도 하지 않았던 사람이었다.

긴 입원 생활 끝에 엄마는 돌아가셨고, 여동생과 나는 주저하지 않고 장례 업체에 엠바밍(장례식 동안 시신의 상태를 유지하기 위해 소독과 방부 처리를 한 뒤 상처가 있다면 상처를 꿰매고 약간의 얼굴 화장도 하는 등 생전의 건강한 모습으로 복원하는 작업-옮긴이)을 의뢰했다. 엄마의 몸에 손을 대는 일이기는 하지만 건강했던 시절의 모습으로 엄마를 보내 드리고 싶었다. 엄마 또한 그걸 바랄 것이라는 확신 같은 것도 있었다.

세 시간쯤 지나 돌아온 엄마의 얼굴에는 자연스러운 혈색이 되살아나 있었다. 가발을 쓰고 깔끔하게 화장한 얼굴이 족히 열 살은 젊어 보였다. 90년을 살아온 자신의 인생에 깊이 만족하며 그저 잠깐 잠에 빠진 사람처럼 보였다.

요즘 들어 남편의 마지막 얼굴을 자주 떠올린다. 투병 중, 쉴 새 없이 그를 덮쳤던 온갖 괴로운 감정들이 신기할 정도로 깨끗이 사라진 얼굴이었다. 죽음을 직면한 순간 느꼈을 불안과 공포의 흔적도 보이지 않았다.

37년 동안 함께 산 남자가 내게 보인 얼굴 중, 가장 아름다운 얼굴이었다. 너무나도 고요하고 평온한 나머지, 누구보다 잘 아는 얼굴인데도 낯선 남자의 얼굴처럼 느껴지기도 했다.

살아 있는 이상 사람은 누구나 자의식에 시달린다. 예외는 없다. 자의식은 인간만이 가진 고유한 것이며 막연한 불안과 방황, 분노와 슬픔, 끝내는 고독감마저 불러온다. 희망도 절망도 모두 자의식의 산물이다.

죽음은 그에게서 자의식이 빚어낸 모든 괴로움을 순식간에 도려냈다. 그에게 남은 것이라고는, 어디까지나 맑고 명료한 안식뿐이다.

웽웽 바람이 불어 대는 날, 눈부신 햇살을 받으며 산책을 한다. 멧비둘기 소리가 들려온다. '꾸우 꾸우 꾸 꾸~' 날카로우면서도 약간 탁한 울음소리. 신록의 나무들 사이를 휘젓는 바람이 그 소리를 증폭시킨다. 처음 들었을 때는 무슨 소리인지 몰라 조금 무서웠던 기억이 난다.

내 첫 반려묘를 데리고 남편과 이곳으로 이주한 지 31년의 세월이 흘렀다.

새의 공동묘지

언제부터인가 작은 상자를 버리지 않고 챙겨 두는 게 습관이 됐다. 우리 집 창문을 들이받고 죽은 새를 수습해 묻어 줄 때 쓰기 때문이다.

새들은 민첩하게 움직이는 동물이지만 가끔은 유리가 있다는 것을 인지하지 못하기도 한다. 암컷을 두고 수컷끼리 세력 다툼을 벌이는 시기에 자주 일어나는 것으로 보아, 승부에 너무 열중한 나머지 벌어지는 사고인 것 같다.

황금새, 방울새, 쇠박새, 굴뚝새…. 경미한 뇌진탕이기를 바라며 반나절 정도는 상태를 살핀다. 다행히 정신을 차리고 회복해 날아가는 경우도 있지만 모두가 그렇게 된다는 보장은 없다.

눈을 감은 채 움직임이 멈춰 버린 가여운 생명들. 굳어 버린 몸을 작은 상자에 누이고 티슈로 덮어 준 뒤 뚜껑을 덮는다. 가슴이 아프다.

그때마다 마당에 구덩이를 파는 것은 남편의 일이다. 얕게 파면 여우나 너구리가 냄새를 맡고 파헤치기 때문에 어느 정도는 깊이 팔 필요가 있다.

작은 관을 다 묻으면 흙 위에 들꽃을 놓아 준다. 조약돌을 표지석으로 두고 두 손을 모아 합장을 올린다. 새를 묻어 주던 마당 한편을 우리는 '새의 공동묘지'라 불렀다.

남편이 죽었으니 이제는 내가 불운한 새를 위해 구덩이를 파는 수밖에 없다. 그렇게 마음먹고 있었지만, 작년에는 희한하게도 사고로 죽은 새가 한 마리도 없었다. 해마다 정원 곳곳에 둥지를 틀고, 와글와글 새끼를 까던 노랑할미새도 작년에는 둥지 하나 틀지 않았다.

야생동물에게도 죽음의 기운이 전달되는 걸까. 한 생명이 목숨을 다했다는 정보가 미립자화되어 공중으로 분사되고, 야생동물은 그 속에서 무언가를 예리하게 알아차리는 걸 수도 있다. 어처구니없는 상상이기는 하지만, 나는 어째 그럴 수도 있다고 생각한다.

새의 묘지는 지금도 그대로지만 남편의 묘지는 아직 마련하지 못했다. 전 세계에 퍼진 역병 탓에 움직일 수 없다는 걸 핑계로, 여전히 우물쭈물, 유골과 함께 살고 있다.

일본 전체, 아니 지구 전체가, 종식될 전망도 없는 치열한 전투로 산산조각 난 것처럼 느껴진다. 매일 인터넷과 텔레비전으로만 세상을 보게 되니 전부 다 가상현실 같다.

거의 아무도 만나지 않고 생활하고 있다. 친한 사람들과 통화할 때를 빼고 내 말벗은 고양이들뿐이다. 요즘은 고양이들 입장에서는 난해할 이야기도 아무렇지 않게 입밖에 낸다. 내 말을 이해하는 건지 못 하는 건지, 두 녀석은 의리 있게 끝까지 잘 들어 준다.

빗질로 빠진 고양이 털을 작은 상자에 담아 밖에 둬 봤다. 새들이 차례차례 물어다가 둥지로 옮긴다. 우리 고양이 털에 싸여 태어날 새끼들을 상상한다.

움트는 신록에 비가 떨어지기 시작한다.

이
어
지
지 않
는
시
간

옛날이야기 '우라시마 타로'를 요즘 자주 떠올린다.

우라시마 타로라는 어부 덕에 목숨을 구한 거북이는 답례의 뜻으로 그를 바닷속 용궁으로 데려간다. 공주의 환대를 받고 최고의 시간을 보낸 그는 육지로 돌아가면서 공주에게 상자 하나를 건네받는다. 절대 열어 보면 안 된다는 말을 듣긴 했지만 용궁에서의 생활이 너무 그리워진 나머지 어부는 유혹을 떨치지 못하고 상자를 열고 만다. 그러자 하얀 연기가 피어오르며 순식간에 백발의 노인으로 변해 버린다는 이야기인데, 어쩌면 내 내면에서 흘러간 시간도 우라시마 타로의 상자에 봉인된 시간 같은 것일지 모르겠다.

어느 날, 어느 때를 기점으로 모든 것이 무섭게 변해 버렸다. '그날 이전'과 '그날 이후'의 시간이 전혀 연결되지 않고 별개의 것처럼 느껴진다.

건강했던 남편에게서 혈담 증상이 보이기 시작한 때가 2018년 3월 중후반. 수술이 불가능한 4기 폐암으로, 당장 치료를 시작하지 않으면 여명이 6개월이라는 진단을 받은 때가 4월 초.

그날 그 순간부터 다른 시간이 시작됐다. 지극히 당연하게 흘러가던 시간이 그때를 기점으로 완전히 멈췄다. 완벽하게 낯선, 상상조차 하지 못했던 다른 시간 속에 던져졌다.

그 감각은 남편의 죽음 이후에도 여전히 이어지고 있다. 겉으로는 지극히 평범한 생활이지만, 시시각각 규칙적으로 흘러가는 시간이 남편의 투병 이전과 이후로 완전히 양분되고 말았다.

두 개의 시간은 좀처럼 이어지지 않는다. 이쪽과 저쪽. 전과 후. 과거와 현재. 그 틈에서 배회하다 보면 도대체 시간이 얼마만큼 흘렀는지조차 아득해진다. 그야말로 육지로 돌아온 우라시마 타로 같다.

얼마 전 필요한 게 있어서 남편의 컴퓨터를 오랜만에 켰다. 그가 죽음의 밑바닥에서 편집자와 친구 들과 나눈 마지막 메일을 다시 읽고 싶다는 강한 충동이 일었다.

임종 일주일쯤 전, 업무상의 답장을 어떻게든 써야 했으나 그에게는 이미 자판을 칠 힘이 남아 있지 않았다. 그래서 내가 대신 내용을 입력했다. "앞으로는 소설 타이핑도 내가 해 줄게. 시시콜콜 딴지 걸고 그러지 않을 테니까, 그 점은 걱정 말고." 이런 쓸쓸한 농담도 건네며.

때때로 '그날 이전'의 시간이 지금도 현실처럼 느껴질 때가 있다. 전화기가 울리고 "이제 집에 가는 신칸센을 탈 거야"라는 활기찬 그의 목소리, 그리고 그 너머로 들려오던 도쿄역의 떠들썩한 소리. 콧노래를 흥얼대며, 세면대에 물을 마구 튀기며 양치질을 하던 그의 옆모습 같은 것들…. 지극히 당연했던 일상의 여러 장면이 마치 실제처럼 되살아나고는 한다.

비가 개고 구름 사이로 푸른 하늘이 얼굴을 내민다. 벌써 봄매미가 우는 시절이 됐다. 무수히 많은 방울이 경쾌하게 울려 대는 듯한 듣기 좋은 소리. '그날 이후'의 시간 속에서 맞는 네 번째 장마가 다가오고 있다.

신에게 매달리다

특별한 이유 없이 대충대충 일일 메모를 써 온 지도 20년이 넘어간다. 그날 있었던 일, 외출한 장소, 만난 사람, 날씨, 저녁 메뉴 같은 것들을 계속 기록해 왔다. 일기가 아니니 희로애락의 감정, 분석 같은 것들은 전혀 쓰지 않는다. 그저 무기질에 가까운 기록, 남들 눈에는 아무래도 상관없을 일상의 기록이다.

0월 0일, 맑음. 해질녘 둘이서 쇼핑센터에서 쇼핑. 밤, 00출판사 00씨에게서 전화. 길게 통화.

이렇듯 무미건조한 메모에 불과하지만 떠올리고 싶은 것이 있는데 떠오르지 않을 때에는 편리했다. 서로의 기억이 달라 남편과 말다툼이 날 때에도 일일 메모가 도움이 됐다. 메모장만 펼치면 일목요연, 어느 쪽이 맞는지 그 자리에서 증명되니 통쾌했다.

그러나 2018년 3월 말부터의 기록은 냉정을 유지한 채 읽어 내리기가 아직도 힘들다. 소개받아 찾아간 도쿄의 한 병원에서 시한부 6개월을 선고받은, 그 전후의 기록들. 어떻게 그런 때조차 습관대로 기록을 해 나갈 수 있었을까? 혹시 시간이 지난 뒤 한꺼번에 쓴 것이었나?

4월 1일 페이지에는 딱 한 줄, 이렇게 쓰여 있다. "둘이 운다. 껴안고 운다. 저녁은 햄버그스테이크와 된장국…"

울면서 간 고기를 치대며 반죽했던 걸까. 잘 기억나지 않는다.

남편은 곧바로 모든 연재를 멈췄고 약속했던 일들도 취소했다. 나도 마찬가지였다. 마침 신간을 출간한 직후였다는 게 다행이라면 다행이었다. 몇몇 가까운 사람들에게 사정을 알리고 일에서 멀어질 결심을 했다. 특히 밖으로 나가야 하는 일은 대부분 거절했다.

몇 년을 붙잡고 탈고하지 못했던 장편소설 하나가 유일하게 마음에 걸렸다. 이제 단숨에 해치울 수 있겠다는 단계에서 남편의 병을 알게 됐고, 이후로는 손을 대지 못했다.

2019년 늦여름. 검사 결과, 우려하던 폐암 재발이 확실해졌다. 끝이 전혀 보이지 않게 됐고 마음을 굳게 먹었다. 하루라도 빨리 소설을 완성해야겠다는 생각이 들었다.

남편과 나에게는 종교가 없다. 신에게 매달릴 수밖에 없을 때에는 팔백만의 신들, 고양이 신, 무엇이든 닥치는 대로 신으로 삼고 기도를 올렸다.

얼마 전 텔레비전을 보다가 북아프리카에 사는 한 남자의 말을 듣고 허를 찔린 느낌이었다. 그는 이렇게 말했다.

"모든 것은 신이 결정한 일입니다. 그래서 난 아무 걱정 안 해요."

이 소박하면서도 확고한 인식은 하나의 강력한 구원이다. 인생에 끊임없이 밀려드는 고뇌와 불안의 파도. 결국은 이러한 인식 안에서, 언젠가는 평온하게 잠잠해져 가리라.

예의 그 장편소설은 오랜 집필 과정, 남편의 투병과 죽음 등 어려웠던 시기를 지나, 이달 23일 무사히 출간됐다. 제목은 《신이여 가련히 여기소서》이다.

반
쪽

깊은 의미 같은 건 전혀 없었다. 일상에서 즉흥적으로 떠오른 사소한 생각에 불과했다.

남편이 건강했을 때 "당신이 죽으면 당신 작업실을 기념관으로 만들까 싶은데, 어때?" 하고 제안한 적이 있다. 그는 '기념관'이라는 표현에 크게 기뻐했다. 감탄했다는 듯 소리 높여 웃더니 "듣기 좋은 소리네. 그렇게 해 줘"라며 내 제안에 몹시 솔깃해 했다. 이후 장난삼아 때때로 작업실을 기념관이라 부르며 즐거워했다.

현재, 작업실이었던 건물은 말 그대로 기념관이 되었다. 무엇 하나 바꾸지도, 버리지도 않았다. 책장에 책을 꽂는 방식은 물론, 오래 입어 낡은 실내복, 그가 애용하던 슬리퍼, 벽에 붙은 메모지까지 모든 게 예전 그대로다.

창을 열면 초록으로 물든 숲의 기운이 훅 끼쳐 온다. 모습만 사라졌을 뿐, 지금도 책상에 앉아 자판을 두드리고, 자료용으로 녹화한 방송을 보고, 책 정리를 하고 있을 것 같다.

그의 병명이 명확해지자 '암 환자를 위한 요리책'을 사 모아 공부하기 시작했다. 현미식이 좋다는 영양사 친구의 말대로, 전용 압력솥을 사서 매일 저녁 부드럽게 현미밥을 지었다.

본채와 작업실이 바로 붙어 있기 때문에 작업실 2층 창문에서 본채의 주방이 잘 들여다보인다. 창문을 열려고 2층에 올라간 그가 주방에 있는 나를 발견하고 손을 흔들던 모습이 기억난다. 현미밥을 짓고 있는 압력솥을 가리키며, 창 너머의 그에게, 나도 손을 흔든다. 이번에는 그가 까불까불 익살스런 표정을 짓는다. 그 모습에 웃음이 터진다.

'한 치 앞이 어둠'인 상태가 오래 이어지다 보면 아주 가끔 찾아오는 평화롭고 온화한 순간이 더할 나위 없이 소중하다. 특별할 것 없는 기억들이지만, 지금도 그 기억들이 아무렇게나 흘러넘치고, 시도 때도 없이 되살아난다.

맑고 푸른 하늘. 초록으로 물든 숲. 나뭇잎 사이로 비치는 햇살이 바람에 흔들리고, 귓가에 들리는 소리라고는 바람 소리와 평화로운 새소리뿐. 이렇게 완벽하게 아름다운 날을 만나면, 다시 한 번 그에게도 보여 주고 싶고 느끼게 해 주고 싶다. 대신해 줄 수만 있다면 내가 대신해 주고 싶다고, 지금도 생각한다.

아프기 전에는 요란 법석 싸우기도 많이 싸웠다. 헤어지자고 진심으로 말한 적도 수두룩했다. 그런데 헤어지지 않았다. 그도, 나도, 도저히 헤어질 수가 없었던 거다.

부부애, 궁합의 좋고 나쁨, 이런 것과는 무관한 이야기